Boucs émissaires

Brock Cole

Boucs émissaires

Illustrations de l'auteur
Traduit de l'américain par Michèle Poslaniec

Médium
l'école des loisirs
11, rue de Sèvres, Paris 6e

Titre original : « The Goats » (Farrar / Straus / Giroux, New York)
Loi numéro 49.956 du 16 juillet 1949 sur les publications destinées à la jeunesse : avril 1988
Dépôt légal : mars 2015

ISBN 978-2-211-22325-6

Pour Susan

L'île

Quand il revint sur la plage avec du bois pour le feu, Bryce le saisit par-derrière. Le bois tomba et s'éparpilla.

– Ça va, Bryce. Arrête ! dit-il en essayant de prendre un ton indifférent, même un peu blasé.

Bryce lui tira les coudes en arrière jusqu'à les faire presque se toucher. Le garçon chercha un regard compatissant mais les autres détournèrent la tête du côté du lac, ou levèrent les yeux vers les arbres ombrageant la plage.

– Alors ! lança Bryce. Faut que ce soit moi qui fasse tout ?

D'abord personne ne bougea, puis un des gars, Murphy, haussa les épaules et vint s'agenouiller devant lui, fronçant les sourcils d'un air de ne pas aimer ce qu'il avait à faire.

– Oh non ! s'écria le garçon.

Murphy lui baissa son short. Le garçon tomba à genoux. Bryce lui retira son polo, un polo neuf, portant sur le devant l'emblème de la colonie du Grand Pin. Un autre s'assit sur ses jambes pendant qu'on lui enlevait ses chaussures et ses chaussettes. Puis on le laissa partir. Il se sauva en crabe, à quatre pattes, vers une touffe de roseaux et tomba sur le flanc. Il avait du mal à respirer.

– Allons, Howie ! cria Murphy, c'est toi le bouc. Tu piges ?

Le garçon se pelotonna et ferma les yeux, dans l'attente de la fin du monde.

– À mon avis, il ne pige pas, dit Murphy.

Le garçon ne bougea pas. Il entendit le bruit des canots qu'on poussait dans l'eau. Il y eut un claquement de pagaies et un gros plouf. Quelqu'un rit.

– Vous croyez qu'on peut le laisser ? dit Murphy à voix plus basse.

Personne ne lui répondit.

Lorsque le garçon fut certain qu'ils étaient partis, il se redressa. Ses bras lui faisaient mal. Ses lunettes avaient été tordues. Il les ôta, redressa une branche et les remit. Ses mains tremblaient.

La nuit commençait à tomber, il ne voyait plus les canots. De l'autre côté du lac, il y avait de la lumière dans le hangar à bateaux. Il apercevait les mâts qui se balançaient dans la rade. Ils paraissaient très loin.

– Zut, dit-il tout bas.

Il ne savait pas ce qu'il était censé faire ensuite. On ne lui avait rien dit. Il ne comprenait pas pourquoi on lui avait pris ses vêtements en le laissant seul sur l'île. Un autre que lui aurait sans doute su quoi faire, mais pas lui. Il était toujours hors du coup.

Les moustiques commençaient à piquer. Il avait bien du répulsif sur le visage et les jambes, mais pas ailleurs. S'il avait imaginé ce qu'ils projetaient de lui faire, il aurait caché un flacon quelque part en allant chercher du bois.

Il se leva lentement et enleva le sable et les aiguilles de pin qui collaient à sa peau. Il ne s'était jamais trouvé tout nu en plein air, et l'impression d'être exposé à tout était pire une fois debout. Il eut envie de se remettre accroupi dans les roseaux, mais se retint et se mit en marche. Il devait bien y avoir quelque chose à faire.

Ce fut un soulagement de trouver un sentier qui montait vers le centre de l'île. Sous le couvert des arbres, il se sentait moins vulnérable. Il aurait voulu que l'obscurité fût totale. Il n'avait jamais eu peur du noir.

En haut de l'île se trouvait un abri en bois et en treillage recouvert de toile. Il s'arrêta à l'entrée de la clairière, l'oreille aux aguets. Il n'entendit que le bruit des feuilles et celui des vagues sur le rivage en contrebas. Il traversa la clairière au pas de course et mit la main sur le loquet de la porte, impatient de se trouver entre quatre murs.

Il ne s'attendait pas à ce que quelqu'un lui dise, de l'intérieur :

– Va-t'en !

Il détala, mais il n'avait absolument nulle part où aller. Alors il prit une profonde inspiration et revint à pas comptés vers la porte. Il s'assit sur les marches de façon à cacher sa nudité. À l'intérieur, quelqu'un pleurait. On aurait dit une fille. C'était des sanglots étouffés.

– Hé ! dit-il.

– J'ai dit va-t'en !

– Je ne peux pas. Ils m'ont pris mes vêtements.

Il attendit, mais il n'y eut pas de réponse.

– Les moustiques n'arrêtent pas de me bouffer.

Toujours pas de réponse, mais un léger frottement de pieds, puis le loquet qu'on libérait. Lorsqu'il poussa la porte, quelque chose de noir et d'informe se sauva dans un coin. Il ne savait pas quoi faire. Il était content qu'il fasse sombre à l'intérieur.

– Ont-ils laissé quelque chose ? demanda-t-il finalement.

– Il y a des sandwiches et des trucs sur la table.

– Je veux dire des couvertures ou des vêtements ? Je suis gelé.

– Il n'y a qu'une couverture.

Et c'est elle qui l'a, pensa-t-il. Il alla à tâtons jusqu'à la table au milieu de la pièce et passa la main dessus. Il y avait un paquet enveloppé de plastique, une boîte d'allumettes, et quelque chose qui ressemblait à une bougie. Il laissa la table et se dirigea vers le coin le plus éloigné de la fille. Il y trouva un lit avec un matelas nu et humide, et un gros oreiller sentant le moisi. Il s'assit sur le lit en mettant l'oreiller sur ses genoux.

– Qu'allons-nous faire ? demanda-t-il.

– Rien. Rester là.

– Ils vont sans doute revenir demain matin.

– Je sais.

Il se demanda comment ça se passerait. Viendraient-ils en douce pour essayer de les épier à travers le treillage, ou bien danseraient-ils autour d'eux en poussant des cris de sauvages ? Il ne savait pas ce qui se passait dans leurs têtes. Parfois il croyait savoir, mais il se trompait toujours.

– Eh ! Il y a une bougie. Je vais l'allumer.

– Non.

– Je suis gelé, je te dis.

Retenant l'oreiller devant lui, il retourna vers la table et s'appuya contre elle pour garder l'oreiller en place pendant qu'il allumait la bougie.

Elle était tapie par terre, enveloppée dans une vieille couverture de l'armée, la tête tournée pour qu'il ne puisse pas la voir, les cheveux défaits et pendouillants. Il se demanda si elle était nue sous la couverture. Probablement. C'était ça, la plaisanterie ! Bryce s'était dit qu'ils se sauteraient dessus, s'ils n'avaient pas de vêtements.

Il tint ses mains au-dessus de la bougie. La flamme le brûla sans le réchauffer. Sur la table, près des sandwiches, il y avait un paquet de cartes à jouer. C'était le jeu cochon qu'Arnold Metcalf montrait à la ronde. Il ne les avait jamais regardées, ne voulant pas qu'on sache que ça l'intéressait. À présent, il n'avait plus envie de les voir. La carte du dessus montrait un homme et une femme imbriqués l'un dans l'autre. C'était à peu près aussi intéressant que l'image d'un dentiste au travail.

Bryce était fou.

Arnold Metcalf et Murphy aussi… Ils étaient tous fous. Inutile d'essayer de deviner ce qui se passait dans leurs têtes de fous. Inutile et fatigant. Il se réfugia sur le lit où il se rassit en tenant toujours l'oreiller devant lui.

– J'ai l'impression que nous sommes les boucs émissaires, dit-il, espérant qu'elle pourrait lui expliquer ce qui leur arrivait.

– Et alors ?

– Alors rien.

Elle ne le regardait toujours pas, mais il la reconnaissait, à présent. Il ne se rappelait pas son nom. C'était l'un des « vrais boudins ». Bryce avait classé les filles en reines, princesses, boudins et vrais boudins. Bryce n'aurait jamais dû l'appeler ainsi. Il n'aurait jamais dû appeler personne ainsi, vu que lui-même ressemblait tant à un gros boudin rose. N'empêche que cette fille avait tort de porter ces grandes lunettes à la mode, avec des yeux si mauvais. Si on a de gros verres, ils paraissent d'autant plus épais qu'ils sont grands. Son ophtalmologiste aurait dû le lui dire.

Il commençait à avoir faim. Il se demanda si c'était prudent de manger les sandwiches, et il se dit que non. Ils y avaient peut-être mis un dopant quelconque.

– Je croyais qu'on devait pique-niquer, dit-il en essayant de rire. Nous avons apporté des hot dogs et tout.

Il se rappela avoir dit aux autres qu'il n'y avait pas assez de hot dogs. Il avait même discuté là-dessus comme s'il avait été le seul à savoir compter ! Bryce avait acquiescé en disant qu'ils avaient de la chance d'avoir un type aussi intelligent parmi eux. Quel imbécile il était !

– Que t'a-t-on dit ? demanda-t-il.

Elle sortit un bras maigre et brun et tira sur un bout de treillage pourri au-dessus d'elle.

– On m'a dit que Julie Christiansen serait le bouc émissaire. On était censées se baigner sans rien, puis on devait la perdre en sortant de l'eau.

Il ne savait pas quoi dire. Elle était encore plus bête que lui d'avoir cru que Julie Christiansen pourrait être le bouc émissaire. Il se demanda pourquoi elle racontait une histoire qui la faisait paraître aussi idiote.

– Je croyais qu'on m'aimait bien, dit-elle en se remettant à pleurer.

– Eh ! dit-il.

– Tais-toi !

Il se tut. Il commençait à avoir réellement froid. Il claquait des dents et il sentait la chair de poule sur ses bras.

Il considéra le sommet de la tête de la fille dans la faible clarté de la bougie, tentant de deviner quel genre de personne elle était.

– J'ai très froid, dit-il. Ça t'ennuierait de partager la couverture ? Peut-être que nous pourrions trouver quelque chose pour la couper.

Elle le regarda pour la première fois. Ses lunettes lui faisaient des yeux très petits et rapprochés. Il lut, dans ces yeux, de la haine. Alors il n'insista pas.

Il y avait une cheminée à un bout du cabanon, sans bois, mais il pouvait en ramasser dehors ainsi que des pommes de pin. Il pouvait faire du feu. Il pouvait utiliser les cartes d'Arnold pour l'allumer, mais il ne savait pas comment il tiendrait l'oreiller en même temps.

– Comment vas-tu faire demain ? demanda-t-il au bout d'un moment.

Elle haussa les épaules, en arrachant un grand morceau du treillage. Il aurait préféré qu'elle ne fasse pas cela. Il y avait déjà bien assez de moustiques à l'intérieur.

– Je veux dire, crois-tu que nous devrons nous comporter comme si c'était une plaisanterie ou quoi ?

Elle se remit à pleurer. C'était affreux d'être obligé de rester assis là à la regarder pleurer.

– Et… dit-il avec précaution, en essayant de trouver les mots qui la calmeraient. Et si nous n'étions pas là quand ils reviendront ?

– Qu'est-ce que tu veux dire ? Où irions-nous ?

– Si nous traversions à la nage ? Nous pourrions retourner à la colonie en cachette, prendre des vêtements, puis faire comme si de rien n'était.

– C'est idiot. Il y a des kilomètres à nager.

– Je parie que je peux les faire.

Il commençait à se réjouir de son idée. Pas une seconde il ne pensait pouvoir la réaliser, mais c'était bon à imaginer pourtant. Il voyait déjà la tête que feraient ces imbéciles, quand il arriverait pour prendre son petit déjeuner mine de rien. Ils voudraient savoir comment il était revenu, mais seraient incapables de le lui demander. Et il se bornerait à leur dire quelque chose de spirituel à propos des œufs. Il dirait : « Eh ! j'ai déjà eu cet œuf-là hier », ou quelque chose comme ça.

– C'est une idée idiote, et d'ailleurs, je ne sais pas bien nager.

– Écoute. Il y a une grosse branche sur le rivage. Je l'ai vue quand je cherchais du bois pour le pique-nique. Nous pourrions la pousser dans l'eau et monter dessus.

– Non, je ne veux même pas en parler.

Son nez coulait et elle n'avait rien d'autre que ses doigts pour se moucher.

– Bon, dit-il, je vais faire du feu. Veux-tu m'aider ?

Elle se remit la couverture par-dessus la tête. Il pouvait mourir de froid, elle s'en moquait ! Il marcha de côté jusqu'à la porte en gardant l'oreiller devant lui pour le cas où elle aurait essayé de regarder.

Dehors, il faisait très noir. Il entendit les moustiques tourner autour de lui. Leurs ailes fines effleuraient sa peau nue. Il laissa l'oreiller sur les marches et essaya de faire vite. Il se protégeait des insectes tout en cherchant les pommes de pin avec les pieds. Il ne pouvait pas en ramasser beaucoup à la fois. Il lui faudrait faire trente-six voyages, à moins de trouver quelque chose de plus gros comme combustible.

Quand il entendit le bruit, il lâcha tout ce qu'il avait ramassé et prêta l'oreille. Le bruit ne se renouvela pas, mais il savait ce que c'était : une pagaie heurtant le plat-bord d'un canot. Il fit quelques pas vers l'abri, puis revint et descendit le sentier jusqu'à ce qu'il puisse voir le lac en direction de la colonie.

La lune venait d'apparaître entre deux nuages, et sa lumière lui permit de distinguer à la surface de l'eau une… non, deux formes sombres se dirigeant vers l'île. Elles étaient encore loin.

La fille leva la tête, étonnée, quand il ouvrit la porte. Il se rendit compte qu'il avait oublié son oreiller. Aussi se protégea-t-il des deux mains.

– Écoute. Ils reviennent.

– Quoi ?

– Ils reviennent. Certains d'entre eux, en tout cas.

– Oh ! mon Dieu. Oh ! mon Dieu…

Elle se cacha sous la couverture et se remit à pleurer.

– Arrête donc ! Ils vont t'entendre !

– Je m'en moque, dit-elle d'une voix étouffée, mais elle se tut.

– Viens. Il faut qu'on parte d'ici.

– Qu'est-ce que tu veux dire ?

– Comment ça, qu'est-ce que je veux dire ? Tu veux être ici quand ils arriveront ?

Elle réfléchit un instant.

– Ils ne nous feront quand même pas de mal. Ils essaieront de nous surprendre ou je ne sais quoi, c'est tout.

Il n'en revenait pas qu'elle soit si bête.

– Ça ne va pas ? Tu veux qu'ils nous espionnent ?

Elle fit non de la tête, son visage malléable se déformant encore.

– Bon, alors écoute ! Nous allons descendre nous

cacher sur le rivage, et quand ils monteront ici pour nous surprendre, nous leur piquerons leurs canots et nous les planterons là. Ce sera eux, les boucs émissaires. Tu comprends ?

Elle avait l'air de comprendre.

– Comment allons-nous faire ? demanda-t-elle encore en essayant de se lever sans que la couverture s'ouvre.

– Viens et ne fais pas de bruit.

– Faut-il prendre la bougie ?

– Non, dit-il après un instant de réflexion. Ils monteront plus prudemment s'ils voient de la lumière. Cela nous laissera davantage de temps.

Une fois dehors, il oublia de continuer à protéger sa pudeur. Il faisait nuit et ce n'était plus important. C'était les autres, dont il se souciait. Il saisit un coin de la couverture et passa devant la fille. Elle s'y cramponna comme s'il essayait de la lui enlever.

Près du rivage, ils s'enfoncèrent entre les taillis jusqu'à ce qu'ils trouvent une cachette dans un bosquet d'aulnes au bord de l'eau. Ils étaient à une distance respectable de la petite plage. Il se dit que ce serait plus facile de marcher dans l'eau jusqu'aux canots que de revenir à travers les fourrés pour faire le trajet à pied sec. Aussi la fit-il descendre au ras de l'eau.

Les canots approchaient du rivage. Ils ne contenaient que quatre silhouettes. Ce n'était pas bon signe. Ça semblait plus menaçant et avait des allures d'expédition secrète. Il se sentit flancher.

À ses côtés, la fille renifla.

– Tais-toi, chuchota-t-il.

– C'est les moustiques. J'en ai dans la bouche, partout.

– J'ai dit tais-toi.

Il fourragea dans la couverture pour trouver sa main et la broya. Il avait besoin de croire qu'il pouvait faire mal à quelqu'un s'il le fallait.

Les canots accostèrent sans un bruit. Il faisait trop nuit pour voir les visages de leurs occupants, mais ils étaient grands. Ils se concertèrent quelques instants à voix basse, puis deux partirent et disparurent dans le sentier.

Les deux autres restèrent près des canots. L'un alluma une cigarette, l'autre ramassa un caillou qu'il lança dans l'eau pour faire des ricochets. Un petit ploc ! ploc ! ploc ! se fit entendre.

Il attendit mais il ne savait plus ce qu'il attendait. Son beau plan s'effilochait comme du papier mouillé. La fille et lui ne pourraient jamais s'emparer des canots, avec ces gardiens sur la plage.

Son cerveau semblait s'être arrêté. Il ne savait pas

quoi faire. Il n'avait jamais eu aussi froid de sa vie. Il se demanda ce qu'il allait leur arriver.

– Qu'est-ce qu'on fait maintenant ? chuchota la fille.

Son ton n'avait rien de sarcastique. Elle voulait seulement savoir.

– Viens, lui dit-il à l'oreille. Partons. On va descendre dans l'eau.

– Mais je ne sais pas nager, je te l'ai dit.

– Ce ne sera pas nécessaire. Il y a cette branche dont je t'ai parlé. Je vais te pousser.

L'eau était chaude, plus chaude que l'air. Il se sentit mieux. Il avança sans faire d'éclaboussures. Quand il fut à quelques pas, accroupi pour que seule sa tête dépasse, il se retourna pour voir si elle venait.

Elle descendit dans l'eau, toujours enveloppée de sa couverture, puis elle la laissa glisser.

Ils n'eurent pas loin à aller le long du rivage pour cesser de voir les canots. La fille s'accrochait à lui. Il sentait ses doigts crispés s'enfoncer dans son épaule.

Ils trouvèrent la branche juste au moment où la lune se cachait. Il n'y avait plus que la lueur des étoiles pour indiquer la rive opposée, forme noire et massive qui ressemblait à un tas de charbon.

Il remorqua la branche dans l'eau le plus silencieusement possible. Elle s'enfonçait dangereusement. Il se demanda si elle les porterait. Au-dessus de leurs têtes, le rayon d'une torche tournoya et disparut.

– Viens, maintenant. N'essaie pas de monter dessus. Tiens-la seulement.

Il prit les mains crispées de la fille et les posa sur le bois. Elle faisait trop de bruit, haletant et se débattant pour garder la tête hors de l'eau.

– Détends-toi. Essaie de te laisser aller. Tout ce qui compte, c'est que tu aies la bouche au-dessus de la surface.

– J'ai peur. Tu ferais mieux de partir sans moi.

– Non, dit-il.

Il n'essaya pas de motiver ce non. Il avait peur de la laisser seule, mais surtout, ce serait un échec. Il fallait qu'ils disparaissent tous les deux. Qu'ils disparaissent complètement.

Tout doucement, osant à peine respirer, il avança en poussant la branche devant lui jusqu'à ce que le fond boueux du lac se dérobe sous ses pieds. Bientôt il ne le sentit plus.

*
* *

Margo Cutter, monitrice des grands, revint vers la plage, rapportant le sac de vêtements. Max n'eut pas besoin de lui éclairer le visage avec sa lampe pour comprendre que quelque chose n'allait pas. Le ton de sa voix le renseigna tout de suite.

– Ils ne sont plus là-bas.

Max jeta sa cigarette dans l'eau.

– Eh bien, ils doivent vadrouiller quelque part dans le coin. Ils n'essaieront quand même pas de traverser à la nage, non ?

– Je ne crois pas. Laura ne sait pas nager et elle a peur de l'eau. Et Howie ?

Max haussa les épaules.

– Je ne sais pas. Il nage bien, mais ça fait plus de deux kilomètres et il est un peu poule mouillée.

Il comprit aussitôt qu'il n'aurait pas dû dire cela, car Margo lui servit son refrain :

– Je ne vois vraiment pas ce qu'ils ont pu trouver de drôle à faire ça.

– C'est sûr, dit Max, conciliant, mais nous ferions mieux de voir si on peut les retrouver. Nous aurions dû apporter du produit contre les moustiques. Ils sont plutôt hargneux.

– Tu ne te rends pas compte, Max. Qu'est-ce que je vais lui dire ? Elle voulait rentrer chez elle, et moi je lui ai raconté que l'endroit était merveilleux et qu'elle se ferait de merveilleux copains. Des amis. Je te préviens, Max, je suis décidée à laisser tomber.

Je ne veux plus revoir certains de ces sales garnements.

– Allez, Margo. Ce n'est pas grave à ce point. D'accord, c'était une plaisanterie idiote, mais ils n'ont pas voulu... faire de mal, tu sais.

Margo lui braqua sa lampe en plein visage.

– Non ? Eh bien que voulaient-ils faire alors ? Dis-le-moi, Max. Je voudrais bien le savoir. Que cherchaient-ils donc à faire ?

Le chalet

Quand ils furent assez près du bord pour avoir pied, elle essaya de marcher mais en fut incapable : elle tombait sans arrêt. Finalement il dut la tirer hors de l'eau en la tenant sous les bras. Il traversa ainsi une étroite plage boueuse puis réussit à la traîner sur l'herbe avant de glisser et de tomber lourdement assis par terre.

Il resta ainsi haletant tandis qu'elle était allongée entre ses jambes, les yeux regardant le ciel à travers ses lunettes perlées d'eau. Il commençait à faire jour, de cette lumière pâle de l'aube qui ôte toute couleur.

Il la regarda. Son corps était long et blanc. Elle n'avait pas de seins, juste deux mamelons recroquevillés. Au bas de son ventre, il y avait une petite touffe de poils… ceci signifiait qu'elle était plus avancée que lui. Il n'avait pas encore de poils. Les autres garçons l'appelaient le Chauve. C'était censé être drôle, puisqu'il avait des cheveux épais et bouclés.

Nous ne sommes que des enfants, pensa-t-il, et il fut submergé par de l'apitoiement sur eux-mêmes. Il pleura quelques minutes puis s'arrêta. Elle tremblait et respirait drôlement, et sa peau était froide comme du caoutchouc mouillé.

– Lève-toi, lui dit-il.

Elle ne répondit rien. Ses yeux étaient ouverts, mais elle ne disait rien.

L'herbe dans laquelle ils étaient assis était rase. Il lui fallut un certain temps pour comprendre qu'on l'avait tondue. Ils se trouvaient sur une pelouse. Il tourna la tête et vit la masse sombre d'une maison qui se dressait derrière eux.

– Lève-toi, lui répéta-t-il. Il y a une maison. Nous allons trouver du secours.

Elle se dégagea lentement de ses jambes et se mit en boule sur le côté, en roulant mollement dans l'herbe.

Il la regarda bêtement un instant puis se leva pour monter. La maison était petite et inoccupée. Un chalet de vacances. De grands volets de bois obturaient les fenêtres. Derrière la maison se trouvait un bosquet d'arbres sombres. Il entendit un roulement lointain de voitures. Rien d'autre.

Elle n'avait pas bougé quand il revint.

– Il n'y a personne, dit-il. C'est fermé. Il y a une route dans les environs. Crois-tu que tu peux marcher ? Il faut que nous allions chercher du secours.

– Vas-y, dit-elle tout bas, le nez dans l'herbe. Va chercher quelqu'un.

Il ne savait pas s'il en était capable. Il tremblait de froid, et il se demanda s'ils n'allaient pas mourir. Ça semblait ridicule de mourir sur une pelouse devant un chalet de vacances. Il y avait une route pas loin. À la colonie, tout le monde devait ronfler dans les sacs de couchage, et bientôt ils prendraient leur petit déjeuner. C'était l'été. Comment était-il possible de mourir ainsi ?

– Je vais essayer d'entrer, dit-il.

La porte était fermée à clé et les volets fixés par de gros écrous à papillon rouillés. Quand il essaya de les tourner, le sang coula sous ses ongles. La peau de ses mains était blanche et fripée. Il pensa qu'il montrerait ses doigts aux propriétaires de la maison : ils comprendraient alors peut-être pourquoi il était si important pour lui d'y entrer. À la vue de ses mains en sang, il éprouva de la colère contre ces gens qui avaient fermé leur maison et n'étaient pas là pour lui venir en aide. Il prit une pierre et tapa sur les écrous jusqu'à ce qu'ils se cassent et que le volet tombe dans un fracas énorme. Effrayé, il attendit, craignant qu'on ne l'ait entendu. Il n'avait pas les idées bien nettes.

La fenêtre à guillotine n'était pas verrouillée. Il la souleva et passa la tête à l'intérieur. Le chalet était modeste : une seule pièce, avec un évier et des placards d'un côté, une table au milieu, et un lit. La lumière entrait en rais pâles par les fentes des volets restants. Il distingua des couvertures et un couvre-pieds pliés sur le lit.

Il retourna au rivage et fit mettre la fille debout. Elle pouvait marcher s'il la soutenait, mais ses genoux ne semblaient pas fonctionner convenablement. Ils se bloquaient à chaque pas.

Lorsqu'il l'eut fait passer par la fenêtre, il la fit s'allonger sur le lit et essaya de se blottir avec elle sous les couvertures. C'était difficile. Il avait du mal à les déplier et elles grattaient comme du papier de verre contre ses jambes nues. Il ne se réchauffait pas. Ses mains lui faisaient mal et ses dents claquaient. La fille se mit en boule contre lui comme un animal, lui logeant son visage dans le cou et ses poings dans les côtes.

– Eh ! dit-il, qu'est-ce qui te prend ?

Elle ne l'entendit pas. Il se demanda si elle avait chaud intérieurement. Il savait que lorsqu'on meurt de froid on est censé avoir chaud à l'intérieur juste avant la fin.

Il lui enleva ses lunettes qu'il plia soigneusement, mais il ne trouva pas où les poser et les lui remit sur le nez. Il regarda le plafond. On y avait épinglé un poster, juste au-dessus du lit. C'était une dame aux jambes écartées. Il eut l'impression qu'elle lui tombait dessus de très haut. C'était une telle farce ! C'était tellement drôle qu'il eut envie de rire.

* * *

Il se réveilla quand elle s'écarta de lui. Il vit le ciel bleu par la fenêtre. Ses mains lui faisaient mal mais il avait chaud. Délicieusement chaud.

– Ça va ? demanda-t-il.

Elle fit la grimace de quelqu'un qui a marché dans quelque chose d'inconnu et de peu ragoûtant. Ses lunettes étaient tout de travers mais toujours sur son nez.

– Où sommes-nous ? dit-elle enfin.

– Dans la maison. J'ai forcé la fenêtre.

– C'est vrai ? (Elle le regardait avec effarement.) Tu l'as forcée ? On pourrait nous mettre en prison !

– Non, dit-il, mais il n'en était pas trop sûr. Tu ne faisais que tomber dans les pommes. Il fallait bien.

Elle fit la grimace et s'essuya les mains contre sa poitrine comme si elles étaient sales.

– Je ne me sens pas bien.

Elle tendit le cou.

– Y a-t-il des vêtements ou quelque chose ?

– Je ne sais pas. Tu veux que je cherche ?

Il attendit qu'elle se détourne puis sortit lentement du lit. C'était douloureux de se mettre debout. Ses jambes et ses bras lui faisaient mal. Il ouvrit les tiroirs d'un placard près de l'évier et trouva des torchons, un pantalon raidi par de la peinture, un polo crasseux et deux tee-shirts.

Il enfila le pantalon. Comme il ne pouvait pas tenir sur une jambe, il dut s'asseoir sur une chaise. Puis il mit l'un des tee-shirts. Les vêtements étaient trop grands. C'étaient ceux d'un adulte.

– C'est tout ce qu'il y a, dit-il en portant le polo à la fille.

– Ça va. Donne-moi l'autre maillot aussi.

Elle déploya le polo à bout de bras et s'allongea

en regardant le plafond où l'affiche flottait comme une sorte d'ange déchu. Il retourna près de l'évier et fouilla dans les étagères du dessus. Il y avait des boîtes de fruits au sirop, de la soupe au poulet-vermicelle et une boîte de gâteaux salés ouverte. Dans un réfrigérateur rouillé il trouva une bouteille de bière au gingembre à moitié vide. Il apporta les gâteaux et la bière près du lit.

– Mange un peu, dit-il.

Les gâteaux étaient mous et collaient au palais. Elle ne put pas les avaler, mais elle but un peu de bière, tiède et fade. Puis elle se rendormit.

Il s'allongea doucement près d'elle et s'appuya sur un coude pour regarder son visage. Ses cheveux étaient emmêlés et son front boursouflé de piqûres de moustiques. Ses oreilles, d'une propreté douteuse, étaient percées mais sans boucles d'oreilles.

Il chercha pourquoi elle était censée être un vrai boudin. Elle avait de longs cils et une bouche dont les lèvres se relevaient aux coins. Cela lui parut fort remarquable.

*
* *

Quand il se réveilla pour la seconde fois, la fille essayait de l'enjamber.

– Qu'y a-t-il ?

– Je suis malade. Il faut que j'aille aux toilettes.

– Il n'y en a pas.

– Quoi ?

Elle s'accroupit sur lui, incrédule.

– Il n'y en a pas. Elles doivent être dehors au fond.

Elle regarda autour d'elle, affolée.

– Il faut que je sorte par la fenêtre ?

Il acquiesça.

– Mon Dieu, je ne pourrai pas. Et j'ai vraiment envie de vomir.

– Utilise l'évier, dit-il, craignant qu'elle ne lui vomisse dessus si elle restait dans sa position.

– L'évier ? Comment puis-je utiliser l'évier ?

– Je ne sais pas. Débrouille-toi.

Elle le regarda comme s'il était fou, mais néanmoins réussit à sortir du lit et commença à se diriger vers l'évier. Elle n'eut pas le temps de l'atteindre. Il détourna les yeux, essayant de ne pas entendre.

Quand elle eut fini, elle resta sur place, immobile, la bouche grande ouverte. Elle pleurait, mais aucun son ne sortait.

De mauvais gré, il se leva et s'approcha d'elle.

– Ça va, dit-il. T'inquiète pas, ça va.

Elle émit un horrible bruit de déglutition.

– Regarde ça !

– Ça va. Ce n'est que de la bière ou presque.

Il prit un torchon qui avait séché en boule ratatinée et dure, et essaya de lui essuyer le visage. Elle repoussa brutalement sa main, ce qui fit tomber les lunettes qui rebondirent sur le sol.

– Oh ! mon Dieu ! J'ai besoin de quelqu'un !

Elle le bouscula et rejoignit le lit où elle s'abattit en ramenant sur elle les couvertures, comme si elle voulait se cacher pour l'éternité. Il ramassa les lunettes, intactes, qu'il lui porta. Comme elle ne le regardait pas, il les replia et les posa sur le matelas près de sa tête. Elle avait cessé de pleurer et regardait le plafond en soupirant, les dents serrées, frissonnante.

Au bout de quelques minutes, les frissons cessèrent.

– Ça va ?

Elle fit oui de la tête.

– Tu veux manger quelque chose ?

Elle fit non de la tête, les yeux toujours fixés au plafond.

– Je pourrais faire de la soupe. Tu te sentirais peut-être mieux si tu mangeais quelque chose. On a le choix. Il y a de la soupe au poulet-vermicelle, ou de la soupe au poulet-vermicelle.

Elle ne daigna pas sourire.

– Qu'est-ce que tu préfères ?

– Poulet-vermicelle.

Il trouva un ouvre-boîte dans un tiroir et ouvrit l'une des boîtes de soupe. Il versa le contenu dans une casserole, mais quand il mit la casserole sous le robinet, rien ne se produisit. Il trouva un seau derrière le rideau sous l'évier.

– Il faut que j'aille chercher de l'eau au lac. Ils ont dû la fermer ici. D'accord ?

Elle ne répondit rien. Elle regardait toujours l'affiche comme si celle-ci allait dégringoler sur elle et l'écraser.

Quand il passa par la fenêtre, il constata que la journée s'annonçait belle.

Il gagna le bord de l'eau et regarda du côté de l'île. Ils n'avaient pas traversé par le chemin le plus court. L'île était loin à l'autre bout du lac.

Il vit la vedette de la colonie, grande, blanche, aux flancs vernis, dont le nez s'enfonçait dans les arbres. Tandis qu'il l'observait, un petit hors-bord gris apparut derrière l'île. Un homme en chemise blanche, debout à l'avant, regardait dans l'eau.

Il remplit le seau, rentra, versa un peu d'eau sur la soupe et mit la casserole sur le feu. Le camping-gaz s'alluma sans difficulté. Il vida le reste du seau par terre sur les vomissures. L'eau coula entre les fentes du plancher et il l'entendit tomber sur le sol.

Quand la soupe fut chaude, il la versa avec précaution dans deux bols ébréchés. Il y avait des cuillers dans le tiroir où il avait trouvé l'ouvre-boîte. Il en mit une dans chaque bol et emporta le tout près du lit.

La fille avait déchiré et transformé en culotte le second tee-shirt, obtenant un compromis entre une couche et un bas de bikini. Elle l'enfila sous les couvertures.

– Nous devrions noter ce que nous prenons, dit-il. Afin de pouvoir le rembourser.

– C'était un vieux tee-shirt, dit-elle, comme pour se justifier.

– Bien sûr, je sais. Ce n'est pas grave.

Quand la soupe fut bue, il ouvrit une boîte de fruits au sirop. La fille en versa dans leurs bols vides, en partageant équitablement les cerises sans rien dire.

– Je crois qu'il ne faut pas rester ici, dit-il quand ils eurent terminé.

– Pourquoi ? Tu crois que les gens risquent de revenir ?

– J'ai vu la vedette près de l'île quand je suis allé chercher de l'eau. On nous cherche sûrement. Ils vont certainement se douter que nous avons traversé.

La fille lâcha sa cuiller pour jouer avec un nœud du vieux couvre-pieds.

– Où pouvons-nous aller ? dit-elle enfin.

Il haussa les épaules. Il avait une idée en tête, une image plutôt : il se voyait campant avec cette fille dans les pins au bord du lac, personne ne sachant où ils étaient, et eux vivant là comme des Indiens. Mais il ne voulait pas lui en parler. Elle trouverait l'idée idiote.

– Je voudrais que nous puissions disparaître, dit-il finalement. (La fille le regardait.) Ils pourraient nous chercher mais ils ne nous trouveraient pas. Ils se demanderaient ce qui s'est passé, mais ils ne le sauraient jamais.

La fille s'abîma dans la contemplation du couvre-pieds, perdue dans le même rêve que le garçon ou peut-être dans un autre rêve à elle.

– C'est vrai, dit-elle. Ce serait bien.

Il entendit le klaxon d'une voiture et un chien aboyer.

– Je crois qu'il faudrait que j'appelle maman, dit-elle au bout d'un instant. (Cela le mit mal à l'aise, il ne sut pas pourquoi.) Je veux dire qu'elle va croire que je suis morte ou je ne sais quoi.

Il acquiesça.

– Et toi ? Veux-tu appeler ta mère ou ton père ? demanda-t-elle. Sont-ils encore mariés ?

– Bien sûr, mais ils sont quelque part en Turquie. Et leur adresse est au camp.

– Que font-ils là-bas ?

– Ils sont archéologues. Ils travaillent. Ils cherchent des trucs.

– Ça doit être intéressant. Es-tu déjà allé avec eux ?

– Une ou deux fois, quand j'étais petit. C'était plutôt ennuyeux.

Il revit le site plat et poussiéreux, les fragments de poterie disposés sur des tables en bois avec les bâches de toile blanche claquant au-dessus de leurs têtes. Tout était recouvert de cette poussière d'un rouge doré. De petits faucons bruns aux ailes pointues volaient dans le ciel.

– J'aimais mieux la Grèce, mais ils n'y vont plus. Ils ont pensé que je serais mieux ici, avec des enfants de mon âge.

– Maman a pensé la même chose.

Les rayons de lumière qui passaient par les fentes des volets devenaient dorés dans le soleil qui montait. Bizarrement, malgré la lumière plus vive, on voyait moins bien.

– Écoute, dit la fille. Si j'appelais maman et que je lui dise de venir nous chercher ? Tous les deux, je veux dire. Tu pourrais rester chez moi jusqu'au retour de tes parents.

– Tu dis ça pour de bon ? Ce serait formidable. Tu crois qu'elle voudrait bien ?

– Je ne sais pas. Je crois que oui. Elle me dit tout le temps d'inviter des camarades d'école.

Elle s'interrompit, puis :

– Je suis socialement en retard pour mon âge, déclara-t-elle avec une certaine dignité.

– Moi aussi.

Ils se regardèrent en silence.

– Bon, essayons ! Nous nous amuserions bien, on irait au cinéma et tout. Le musée des Sciences et de l'Industrie est à deux pas de chez moi. On y voit toutes sortes de trucs intéressants.

– C'est vrai ? Je crois que ça me plairait.

– Il y a un grand cœur dans lequel on peut entrer, et aussi des gens coupés en tranches. Ils sont dans des vitrines, et dans la première il y a, disons, un coude, puis en faisant les autres vitrines on peut tout voir. Tout leur intérieur.

Il la regardait, ébahi.

– Ce sont des vrais ? Je veux dire vraiment des gens ?

– Bien sûr. Il y a un homme et une femme. Tout coupés.

– Mais où les ont-ils trouvés ? À qui ont-ils demandé ça ?

La fille haussa les épaules.

– Je ne sais pas. Peut-être à des gens sans famille.

Ils se turent, pensant à cet homme et à cette femme coupés en tranches.

– Bon, dit le garçon. Il y a des cabines téléphoniques sur la plage municipale. Tu pourrais appeler de là-bas. Ce n'est peut-être pas nécessaire de retourner à la colonie.

– Mon Dieu ! Ce serait parfait !

Elle s'essuya les mains au couvre-pieds.

– Il faut que je me lave, dit-elle. Je suis dans un état !

Elle sortit du lit, encore un peu vacillante, mais nettement ragaillardie.

Ils se faufilèrent par la fenêtre et descendirent au lac ensemble. Elle remonta son polo à la taille et avança dans l'eau, en se frottant bras et jambes. Il inspecta attentivement les alentours avant de s'accroupir pour se laver le visage. Personne en vue, à part un homme qui pêchait sur un ponton branlant à plusieurs centaines de mètres. La vedette était toujours amarrée près de l'île. Le petit bateau gris avait disparu.

– Est-ce que je suis présentable ? demanda la fille en sortant de l'eau.

Il l'examina consciencieusement.

– Je pense que oui. On croirait que tu as un

maillot de bain sous ton polo. Tu n'aurais pas dû le mouiller. On voit à travers.

– Il séchera le temps qu'on arrive à la plage.

Elle fronça le nez d'un air critique.

– Ton pantalon fait un peu bizarre.

– Peut-être qu'il aurait l'air moins bizarre si on le coupait.

Ils trouvèrent un couteau-scie parmi les ustensiles de cuisine, et la fille découpa les jambes du pantalon tandis qu'il la regardait faire, enveloppé dans le couvre-pieds.

– Il faudra vraiment qu'on rembourse tout ça, dit-il, mal à l'aise. Je veux dire le pantalon et les tee-shirts.

– Et la soupe. Nous reviendrons plus tard nous excuser. Ils ne diront sans doute rien.

Quand il eut enfilé le pantalon, il attacha deux passants ensemble avec un bout de ficelle et rabattit le tee-shirt par-dessus la ceinture ainsi resserrée.

– Bon, dit-elle, ça a encore l'air un peu bizarre, mais personne ne dira rien.

Elle essayait de se brosser les cheveux avec une brosse à légumes qu'elle avait trouvée suspendue au-dessus de l'évier.

– Fais attention quand même quand tu es assis.

– Pourquoi ?

– Ben, on voit tout…

*
* *

Ils plièrent les couvertures, le couvre-pieds, et lavèrent la casserole et les bols dans le lac. Le garçon découvrit une poubelle derrière le chalet près du hangar et y mit la bouteille, la boîte en carton et les boîtes de conserve. En partant, la fille l'aida à remettre le volet à la fenêtre. Ils ne purent pas bien le fixer parce qu'il avait cassé les écrous, mais ça ne se voyait pas trop.

Derrière le chalet passait un chemin de terre. Ils le suivirent jusqu'à la route où roulaient les voitures qu'ils entendaient.

– À quelle distance sommes-nous de la plage ? demanda-t-elle.

– Je ne sais pas. On pourrait essayer de faire du stop ?

– Je n'ai pas le droit. C'est dangereux.

– C'est vrai. En plus, ils doivent nous chercher.

– Alors il vaudrait mieux ne pas prendre la grand-route.

– D'accord. Essayons de rester près du rivage.

Ce n'était pas difficile. Les bords du lac étaient très habités, et entre les chalets et la grand-route se trouvait tout un réseau de chemins et d'allées. Ce fut plus long, comme itinéraire, mais mieux pour leurs pieds nus, et tellement plus discret. On aurait pu les prendre pour deux enfants habitant l'un des chalets.

Un grand nombre de jeunes des environs se baignaient à la plage publique. Les garçons portaient des jeans coupés en guise de maillots de bain. Ils avaient le ventre ferme et blanc et les bras très bronzés. Ils se jetaient à l'eau sans crainte, chacun essayant d'éclabousser son voisin. Deux filles en bikini fumaient en les regardant, le visage vide d'expression.

Ils firent un détour prudent, en passant derrière une Cadillac décapotable rouillée et un pick-up avec une barre à l'arrière.

– Attends un peu, dit la fille.

Il la vit aller jusqu'à la porte du pick-up et regarder à l'intérieur. La vitre devait être baissée parce qu'elle monta soudain sur le marchepied et passa la main à l'intérieur. Elle revint, le visage figé, un bras le long du corps et le poing serré.

– Avance, dit-elle.

– Qu'as-tu fait ? demanda-t-il avec inquiétude.

Elle ouvrit son poing une seconde sans s'arrêter. Il vit un éclat argenté.

– Eh ! c'est du vol ! Il faut reporter ça !

Elle s'arrêta et le regarda.

– Tu peux le reporter, dit-elle. Elle lui glissa la monnaie dans la main et attendit, les bras croisés.

Il sut qu'il n'irait pas remettre l'argent à sa place. Elle gardait la tête baissée.

– Eh ! dit-il, excuse-moi. Faut que je sois complètement idiot !

Elle le dévisagea, l'air fâché.

– Nous en avons besoin, non ? Sinon, comment téléphoner à maman ? Ils ne nous ont rien laissé. Ils ont pris nos vêtements et tout.

– D'accord, j'ai été stupide. C'est bon ?

– C'est bon.

– Alors c'est bon.

Au bout d'une minute, elle demanda :

– Combien y a-t-il ?

Il regarda les pièces dans sa main.

– Un dollar quarante. Comment savais-tu qu'elles étaient là ?

– Je ne le savais pas. Je me suis rappelé que les gens mettent toujours leur monnaie dans ces petits compartiments du tableau de bord, pour les péages et tout. Ceux-là ne vont sans doute même pas s'en apercevoir. Nous pourrions aussi les rembourser, d'ailleurs.

Elle commençait à boiter. Elle avait dû se faire mal au pied contre une racine à fleur de sol.

– C'est ça, dit-il. Nous les rembourserons. Nous rembourserons tout.

La plage municipale

Il n'y avait pas encore trop de monde, à cette heure, à la plage municipale. Quelques mères de famille trônaient sur des chaises pliantes en aluminium, réparties sur la bande de sable jaune que la ville avait déversé sur la plage d'argile noire. Leurs pieds se perdaient dans les sacs pleins de serviettes, d'ouvrages et de jouets. De petits enfants barbotaient, accroupis dans l'eau du bord, à quelques mètres d'un jeune couple qui étalait un drap de bain représentant un dollar géant.

Au-dessus de la boutique à l'enseigne de Pepsi-Cola flottait une fumée bleuâtre provenant d'un gril.

À l'arrière-plan s'alignaient deux rangées de cabines en bois où les baigneurs pouvaient se changer. Les téléphones publics se trouvaient dans leurs bulles de plastique le long du chemin menant au parking.

– Est-ce que je suis présentable ? demanda encore la fille, en tirant sur le bas de son polo.

– Tu es parfaite.

Elle fit une grimace pour qu'il voie bien qu'elle ne le croyait pas, et ils sortirent du couvert des arbres et se dirigèrent vers les téléphones en tâchant d'éviter les petits bouts de métal arrachés en les ouvrant aux boîtes de bière ou de soda, qui brillaient dans l'herbe et menaçaient leurs pieds nus.

Le garçon s'assit sur l'une des traverses de chemin de fer qui retenaient le gravier du parking. Il glissa ses mains sous les genoux pour obturer ses jambes de pantalon et regarda la fille introduire la pièce dans le téléphone.

*
* *

Mme Pritzer passa la tête à la porte du bureau de Maddy Golden et annonça : « C'est Laura », du ton neutre de quelqu'un qui n'a pas à exprimer son opinion.

– Ligne 5.

Qu'est-ce qu'elle veut ? se demanda Maddy en prenant le combiné sur son bureau. Mme Pritzer était toujours à la porte. Maddy la regarda en levant les sourcils d'un air interrogateur.

– C'était un appel en PCV, madame Golden. J'espère que j'ai eu raison d'accepter. J'ai pensé que ça risquait d'être important.

– Oui, oui, c'est très bien, madame Pritzer.

La femme d'âge mûr se retira, satisfaite pour quelque obscure raison.

– Allô ? Laura ? Ma chérie ? Tout va bien ?

– Oui.

Il y eut un long silence.

– Maman ?

Maddy essayait de conserver un ton enjoué.

– Oui ? Qu'y a-t-il, ma chérie ? Tu sais que tu ne dois pas m'appeler au bureau à moins que ce ne soit réellement important. Je veux dire, une urgence ou autre.

– Oui, maman. Maman ? Je veux rentrer à la maison.

Pourquoi ? Pourquoi Laura ne pouvait-elle pas s'adapter à la colonie ? Pourquoi fallait-il que l'existence soit toujours si embrouillée, si difficile ? Ces questions restèrent bloquées dans la gorge de Maddy.

– Écoute, Laura, dit-elle avec précaution, nous

avons déjà parlé de tout cela et nous avons décidé d'essayer encore. Tu te souviens ? Je croyais que tu t'étais fait des amis. C'est ce que tu m'as dit, n'est-ce pas ?

– Oui, mais il faut que tu viennes me chercher, maman.

– Ne te mets pas à pleurer ! Tu n'es plus un bébé ! Et dis-moi ce qui ne va pas. Peux-tu me le dire ? Tu ne t'entends pas bien avec les autres enfants ?

– C'est pas que ça.

– Alors, quoi ? Qu'est-ce qui t'arrive ?

Il y eut encore un long silence.

– Je ne sais pas. Ils sont tous abjects. Ce sont tous des hypocrites.

Maddy soupira. Les mots favoris de Laura. Qu'avait-elle fait au Ciel pour avoir une enfant pareille ? En fait, Laura était une vraie oie blanche, c'était ça le problème ! Pas étonnant que les autres enfants lui en fassent voir.

– Écoute, Laura, ce n'est pas une raison suffisante. Je veux dire que je sais que certaines personnes ne sont pas très gentilles, mais il faut que tu apprennes à t'y faire, pas seulement à la colonie, mais partout. Moi aussi, je dois supporter des gens qui ne sont pas très agréables, tu sais.

– Il faut que je rentre, maman. Tout de suite.

Elle pleurnichait au bout du fil. Maddy se demanda si Mme Pritzer écoutait à l'autre poste, imaginant on ne sait quoi dans son cerveau tordu.

– Laura. Tu ne m'écoutes pas.

– C'est vraiment important, maman !

– Bon, bon.

Maddy posa la main sur le téléphone et s'adossa à son fauteuil, les yeux fermés, rassemblant son sang-froid.

– Bon, répéta-t-elle. Il y a la journée des parents bientôt, n'est-ce pas ?

– Samedi. Mais tu as dit que tu ne viendrais pas.

– Eh bien, je vais venir. Si tu as des ennuis, j'y suis bien obligée, n'est-ce pas ? Nous en parlerons samedi, d'accord ?

– Je ne sais pas, maman. Vraiment, je…

– Laura, je ne vois pas ce que je peux faire d'autre. J'essaie de gagner de quoi vivre. Pour nous deux. Tu peux m'aider en essayant de te débrouiller seule, pour changer. Parle à Mlle Cutter, si tu veux. Tu m'as dit qu'elle était gentille, non ?

– Elle est bien, mais…

– Mais rien. C'est très important, Laura. Il n'y a plus que deux jours. Je veux vraiment que tu me prouves que tu peux t'en sortir seule au moins pendant deux jours. D'accord ?

Il y eut un silence.

– D'accord, Laura ?

– D'accord, maman.

– Alors très bien. À samedi, vers midi. Maintenant je veux que tu t'amuses. Essaie de trouver d'autres distractions. As-tu tes règles ?

La question avait jailli malgré elle, posée du ton d'affectueuse curiosité que Maddy avait tellement détesté chez sa propre mère.

– Non.

La réponse était sèche et Maddy se sentit rejetée.

– Excuse-moi, chérie, je sais que tu n'aimes pas parler de ça, mais parfois, quand une fille a ses règles, elle est déprimée. Le fait est là, c'est tout.

Il y eut un autre silence, puis la tonalité du téléphone. Pas même un au revoir ! Laura ne comprendrait-elle jamais qu'on ne doit pas se quitter comme ça ? Maddy avait toujours redouté les séparations sans au revoir en bonne et due forme. Mais Laura le savait, bien sûr. Seulement elle était très douée pour trouver le défaut de la cuirasse chez sa mère.

Mme Pritzer passa à nouveau la tête à la porte. Plutôt que d'utiliser l'interphone, elle préférait voir le visage de Maddy quand elle pensait que l'appel pouvait être intéressant.

– Un certain M. Wells.

– Qui est-ce ? Que veut-il ?

– C'est le directeur de la colonie de Laura, dit Mme Pritzer, rayonnante et la voix mielleuse. Ligne 3.

– Merci, madame Pritzer.

« Je la tuerai », pensa Maddy, hors d'elle. « Oui, je la tuerai. » Elle poussa le bouton du téléphone avec colère.

*
* *

– Elle ne peut pas venir, dit la fille. Pas avant samedi.

Il s'y attendait. Il l'avait vue pleurer. Ses joues étaient encore mouillées. Des larmes lui avaient coulé jusqu'aux coins des lèvres.

– Samedi, dit-il. Qu'allons-nous faire jusque-là ?

– Je ne sais pas. Retourner à la colonie, non ?

Le garçon regarda la plage où des enfants couraient sur le sable. Le soleil était assez haut et la lumière lui fit mal aux yeux.

– Je n'en ai vraiment, vraiment pas envie, dit-il.

– Moi non plus. Mais je ne sais pas quoi faire d'autre.

– Tu lui as dit… qu'on était les boucs émissaires ?

La fille secoua la tête. Elle se redressa et dit :

– Ma mère et moi ne communiquons pas très bien.

Le garçon acquiesça. Là-bas, un homme avec une petite fille et un petit garçon essayait d'installer un filet de volley-ball. La petite fille secouait l'un des poteaux comme un prunier.

– Arrête, Tracy, dit l'homme, d'une voix très calme où planait une menace.

– Combien nous reste-t-il ? demanda le garçon. Je meurs de faim.

– Toujours un dollar quarante. L'opératrice m'a rendu ma pièce parce que c'était un appel en PCV.

– Allons acheter un hot dog ou quelque chose.

Ils se levèrent et se rendirent à la boutique en affectant un air dégagé.

L'homme derrière le comptoir était un costaud aux mains rouges et mouillées.

– Qu'est-ce que vous voulez ? dit-il.

Il y avait un tableau au-dessus du gril, indiquant les prix. Le garçon l'examina attentivement. Les hot dogs étaient à soixante-quinze cents. Ils n'avaient pas assez pour deux. Ils pouvaient s'acheter un hot dog et un Coca ou un Mars.

– Je ne sais pas. Tu veux partager un hot dog et un Coca ? demanda-t-il à la fille.

– Prenons des chips.

– D'accord. Un hot dog et un paquet de chips, s'il vous plaît.

– Que voulez-vous sur le hot dog ?

L'homme et le garçon regardèrent la fille. Elle fronça le nez pour faire remonter ses lunettes.

– Rien.

– Rien ? Tu veux dire cru ?

Elle le regarda avec mépris.

– Pas cru, mais nature.

– Sans ketchup ni rien ?

L'homme laissa le torchon avec lequel il essuyait le comptoir, et s'éloigna.

– Hé ! dit le garçon, mais le serveur n'y prêta pas attention et contourna une série d'étagères qui montaient jusqu'au plafond, partiellement garnies de paniers métalliques contenant des vêtements.

Il y avait un autre comptoir qui faisait face à la dernière rangée de cabines. Un vieux monsieur et une dame en maillots de bain y attendaient. Le serveur jeta leurs paniers pleins sur une étagère et leur donna en échange une épingle de sûreté où pendait une petite plaque de cuivre. Le garçon et la fille observèrent ce manège, en attendant que le serveur revienne.

– Un hot dog nature et un paquet de chips, dit le garçon.

Ils retournèrent avec la nourriture vers les traverses de chemin de fer en bordure du parking, car ils ne voulaient pas s'asseoir près des gens sur la plage. Ils mordirent dans le hot dog, chacun à un bout. Il n'était pas très bon.

– Il reste une bouchée, dit la fille. Pour toi.

Il ne dit rien.

Il observait deux jeunes gens qui attendaient qu'on prenne leurs vêtements, debout derrière le comptoir. Ils étaient très bronzés tous les deux et avaient des cheveux longs et blonds. Apparemment, l'attente ne leur semblait pas trop longue. La jeune femme s'appuyait au comptoir et son ami laissait glisser sa main sur le bas de son maillot. Elle la repoussa d'une tape et se laissa de nouveau aller contre le comptoir.

– Veux-tu des vêtements ? Je veux dire des vrais ? Si nous devons rentrer à la colonie à pied, il nous faut des chaussures.

– Où les trouver ? demanda-t-elle en posant le morceau de hot dog soigneusement sur la traverse pour qu'il ne roule pas. Elle déchira le coin du paquet de chips avec les dents.

– Il n'y a qu'un seul type pour tenir la boutique, il doit servir les gens d'un côté et prendre les vêtements de l'autre. Si tu l'occupes, je peux piquer deux paniers.

Elle s'imagina en train de courir avec les paniers, et le gros type rouge criant après eux.

– C'est idiot.

– Non. C'est possible.

Il regardait toujours le couple qui attendait pour donner ses vêtements. Ils ressemblaient à une publicité pour du shampooing ou du chewing-gum sans sucre.

– D'accord, dit-elle. (Ses yeux se rétrécirent.) Que dois-je faire ?

– Combien nous reste-t-il ?

Elle compta la monnaie.

– Seize cents.

– C'est tout ? Je croyais que nous avions assez pour que tu achètes autre chose.

– Il y avait la taxe.

– Bon, peux-tu faire semblant d'acheter quelque chose ?

– Je ne sais pas. Attends.

Elle ramassa le dernier morceau de hot dog et enfonça de la terre dans la viande rose.

– D'accord, dit-elle. Où nous retrouverons-nous après ?

Elle tenait le morceau de hot dog du bout des doigts, comme quelque chose de pas très propre, et fronçait les sourcils.

– Derrière les cabines.

– Entendu.

Il la regarda se lever et se diriger vers la boutique. Elle avait une allure presque martiale. Il pensa qu'ils auraient dû choisir un autre endroit pour se retrouver, au cas où ils devraient courir, mais trop tard. Il se leva et s'essuya les mains à son pantalon. Elles étaient humides et collantes.

Un petit garçon était en tain d'acheter une sucette, aussi dut-elle attendre. L'homme fronça les sourcils par-dessus la tête du petit garçon en voyant le bout de hot dog qu'elle tenait.

Elle ne pouvait pas savoir ce qui se passait à l'autre comptoir parce que l'homme lui bouchait la vue, et qu'elle avait peur de regarder. Elle comprit soudain qu'elle aurait dû attendre que l'homme ait pris les paniers du couple blond : son complice ne pourrait rien faire tant qu'ils seraient là ! Mais trop tard !

Le petit garçon s'en allait en développant sa sucette. Le serveur ne demandait pas à Laura ce qu'elle voulait. Il se contentait de la regarder.

– J'ai des cailloux dans mon hot dog, dit-elle d'une petite voix.

– C'est ça ! Allons, barre-toi !

L'homme prit son chiffon sale et mouillé et se mit à essuyer le comptoir.

– Je vous assure !

– Tiens ! Et tu veux que je te rembourse, hein ?

– Non.

L'homme leva les yeux, légèrement surpris.

– Je veux un autre hot dog pour remplacer celui-ci.

La fille blonde apparut de derrière le comptoir, son ami essayant de lui attacher l'épingle de sûreté munie de la plaque de cuivre à la bretelle de son maillot. Elle le laissait plonger dans son décolleté en souriant.

– Comment ça se fait qu'avec vous, les gosses, la punaise est toujours dans la dernière bouchée ? dit le serveur en tournant le dos.

Visiblement, on lui avait déjà fait le coup.

– Mais c'est vrai ! Et ce n'est pas une punaise. C'est un caillou ! s'entendit-elle crier pour essayer de retenir son attention. Vous me donnez un autre hot dog ou j'appelle les flics.

– Bien sûr. Vas-y…

Le serveur regardait le couple blond avec l'impression que quelque chose clochait. Dans peu de temps, il se demanderait comment ils avaient pris leurs plaques de cuivre.

– J'en veux un autre ! cria-t-elle en abattant son poing sur le comptoir aussi fort qu'elle put. Cela fit un bruit terrible et son bras vibra. Le serveur la considéra avec des yeux ronds.

– Bon sang ! donne-lui un autre hot dog et qu'elle nous fiche la paix, dit quelqu'un derrière elle. C'était le père de famille qui avait installé tout à l'heure le filet de volley-ball. Suspendus à lui, ses enfants la regardaient.

– Cette fille a un drôle de maillot de bain, déclara la gamine qui était juste à la bonne hauteur.

Le serveur ne releva pas cette remarque. Penché vers le père, il lui disait :

– Écoute, mon pote, si tu savais les ennuis que j'ai avec ces gosses…

Laura s'en alla d'une démarche raide. Elle savait qu'elle aurait dû rester. Elle était sûre qu'elle ne lui avait pas laissé suffisamment de temps.

Pourtant il était debout, avec deux paniers, derrière les cabines.

– Qu'est-ce qui t'a retenue aussi longtemps ? demanda-t-il en lui donnant un panier avec un pull rose.

– Comment les as-tu pris ? Les gens n'étaient pas là ?

– Si. Je suis passé derrière le comptoir et je leur ai donné les plaques. Ils ont cru que je travaillais là.

Tiens, voilà les affaires de la fille. (Il lui montra le panier.) Grouille-toi de te changer.

Il se sauva et entra dans une cabine vide.

Il s'habilla à toute vitesse puis attendit, la porte entrouverte pour la voir sortir. Elle portait de chouettes fringues, un jean large à la mode et un pull rose sur un tee-shirt où était inscrit Milk Bar. Elle se tenait bien droite et quand elle se tourna vers lui, elle sourit timidement.

Ils traversèrent le parking. Il eut envie de se mettre à courir, de galoper éperdument vers les arbres. Non par peur, mais sous l'effet d'une émotion contenue qui ressemblait à de la joie.

Elle s'arrêta pour ramasser le paquet de chips qu'elle avait laissé près des traverses, et ils suivirent l'allée vers la grand-route en mangeant les chips une par une.

Quand la baraque à hot dogs fut hors de vue, il fouilla dans ses poches et y trouva une pièce de vingt-cinq cents et un petit carnet brun à spirale dans laquelle était enfoncé un bout de crayon. À l'intérieur il y avait des adresses. Il arracha ces pages-là parce qu'elles le mettaient mal à l'aise, mais il rempocha le carnet.

– As-tu trouvé quelque chose ? demanda-t-il.

Elle fronça les sourcils.

– Il y avait un porte-monnaie et une montre, mais je les ai laissés dans le panier.

– C'est bien, dit-il vivement. Nous n'en avons pas besoin. Il ne faut pas prendre ce dont nous n'avons pas besoin.

– Attends une seconde, dit-elle, et elle sortit de sous son pull quelque chose qu'elle cacha dans les buissons. C'était la culotte qu'elle s'était fabriquée au chalet avec le vieux tee-shirt.

– Je ne voulais pas qu'on la trouve, expliqua-t-elle.

– As-tu mis les sous-vêtements ? demanda-t-il.

– Bien sûr, pas toi ?

– Non.

Le caleçon du gars était encore chaud et il avait préféré ne pas y toucher.

– Ceux de la fille étaient propres et tout.

Elle marchait sans lui accorder un regard, l'air ravi.

– Pourquoi souris-tu ? demanda-t-il.

Elle regarda à la ronde. La route était déserte. Le soleil traversait les feuillages et dessinait des morceaux de puzzle dans la poussière. Elle défit son jean et le baissa à demi.

Elle portait un slip minuscule, rose et presque entièrement en dentelle.

– Eh ! ça va pas ! Remonte ton pantalon, tu veux ! dit-il en agitant les mains.

Tranquillement, elle remit son jean, sans cesser de sourire. En marchant ils se heurtèrent de l'épaule. Il faillit lui prendre la main, mais il se retint. Pas question de lui laisser croire qu'elle lui plaisait. Alors il lui heurta l'épaule à nouveau.

– Eh ! dit-elle en lui rendant son coup. Ils se mirent à courir en se bousculant sur la route pommelée de soleil.

Le car

– Combien nous reste-t-il ?

Ils le savaient fort bien l'un et l'autre, mais elle recompta quand même.

– Quarante et un cents. Nous pouvons sans doute acheter des biscuits ou quelque chose.

Ils regardaient la station-service de l'autre côté de la route. Le bâtiment était vieux et les caillebotis n'étaient plus alignés. On avait accroché au-dessus des pompes une grande enseigne métallique qui indiquait BOISSONS FRAÎCHES.

Deux cars jaune vif étaient garés sur l'accotement. Des gosses faisaient la queue devant les toilettes installées dans les pins, sur le côté de la station. Quelques-uns allaient et venaient autour des pompes, des écouteurs aux oreilles. La plupart étaient des Noirs. Un homme blanc en bermuda tenant une tablette de chocolat se penchait à la porte de l'un des cars, et parlait à quelqu'un qu'ils ne voyaient pas.

– On attend qu'ils s'en aillent ?

– Non, inutile. C'est même mieux comme ça. Personne ne nous remarquera dans la foule.

À l'intérieur, c'était la même cohue d'enfants. Certains alimentaient un distributeur de friandises avec des pièces de dix et de vingt-cinq cents et regardaient les paquets de chips et de gâteaux secs glisser le long des spirales de métal derrière la vitre. Un homme en bleu taché de graisse et casquette marquée Roi du Maïs les observait sans joie.

– Hé, toi ! Arrête ! dit-il à un grand adolescent noir qui cognait sur la machine.

– Cette saloperie vient de me bouffer ma pièce, et rien ne tombe !

– Je vais t'en donner une autre. Mais ne tape pas sur la machine.

Il essaya de se frayer un passage au milieu de la bousculade, cherchant le bout de la file où attendre son tour pour le distributeur. Apparemment il n'y en avait pas.

On lui donna un coup de coude qu'il s'apprêtait à rendre, quand la fille lui prit la main et l'entraîna vers la porte.

– Eh ! qu'y a-t-il ? Je n'ai encore rien acheté.

Elle fit un mouvement de tête vers la fenêtre. À travers la vitre sale, il vit une voiture de police garée et, derrière elle, la Toyota grise de la colonie. À cet instant, Margo Cutter sortit de la Toyota, se dirigea vers la voiture de police et se pencha pour parler au policier assis à l'intérieur.

– Faut se tirer d'ici, dit le garçon.

– Où va-t-on ?

– Dans les bois, derrière. Partons avant que tout le monde sorte.

Ils se faufilèrent dehors, en prenant soin de laisser d'autres enfants comme écran entre eux et Margo, ce qui ne fut pas trop difficile, vu que la plupart étaient assez grands.

L'homme au bermuda siffla et la foule s'écoula lentement vers les cars. Margo s'était retournée et regardait dans leur direction. Elle cillait à cause du soleil et elle mit sa main en visière.

Ils baissèrent la tête pour échapper à sa vue. Le garçon prit la main de la fille et essaya de partir discrètement du côté des arbres, mais l'homme au bermuda l'attrapa par l'épaule.

– Hep ! par ici. Monte dans le car et cesse de traîner.

Il baissa la tête encore plus et poussa la fille sur le marchepied du car.

– Mets-toi ici, dit le garçon en la faisant asseoir dans le siège derrière le chauffeur.

Il voulait rester près de la porte, pour se ménager une possibilité de fuite. Margo, qui avait quitté la voiture de police, s'approchait maintenant du car. Le garçon eut la terrible impression d'être pris au piège et tourna la tête de tous côtés dans l'espoir d'un moyen de s'échapper, mais l'arrière du car semblait bourré de valises et de bagages. On n'avait pas le droit de faire ça ! On n'avait pas le droit de bloquer la sortie de secours.

– Eh ! Qu'est-ce que vous faites à nos places ?

Une fille noire, grande et robuste, les regardait d'un œil hostile, de dessous une frange de perles bleues et roses prises dans ses cheveux nattés. Elle avait l'air très mécontent. Avant qu'il puisse répondre, l'adolescent qui avait perdu sa pièce dans le distributeur attrapa la fille noire par un coude et la fit asseoir sur la banquette située derrière eux.

– Assieds-toi, Tiwanda, dit-il.

– Non ! Ça c'est la place de Tyrone. Je veux ma place.

Ils s'assirent en continuant à se chamailler.

Le car semblait complet. Un homme au visage blême arpentait l'allée en comptant du doigt, sans accrocher aucun regard. À travers le pare-brise, le garçon pouvait voir Margo. Elle était au milieu du chemin, parlant avec le garagiste. Le policier était sorti de sa voiture et se dirigeait vers eux. Il portait des lunettes noires d'aviateur. Tout en marchant, il souleva son chapeau jaune sale et lissa ses cheveux.

– Quarante-deux, dit le chauffeur du car en revenant à l'avant.

Poings aux hanches, il fronça les sourcils.

L'homme en bermuda grimpa dans le car en bloquant l'entrée.

– Qu'est-ce qui nous retient, Wayne ?

– Rien, sauf que j'en ai deux de trop.

– Pas grave ! Y en a-t-il qui devraient être dans l'autre car ? cria l'homme en bermuda.

– Moi, monsieur, dit quelqu'un derrière eux. Je devais aller dans l'autre car.

– Non, pas lui, monsieur Carlson. C'est moi qui devais aller dans l'autre car avec Lydia.

– Que vient faire Lydia là-dedans ? demanda quelqu'un. Le car bougea, parce que certains se levaient.

– Tout le monde assis ! dit l'homme. Nous les avons tous, Wayne. Allons-y.

Le chauffeur attendit que le nommé Carlson descende, puis il ferma la porte et démarra. En dépassant la station-service, le garçon vit Margo hocher la tête – de colère ou de dépit, il ne savait pas.

Le car prit de la vitesse. Des forêts de pins attirantes et sombres s'étendaient de chaque côté de la route. Elles étaient si obscures qu'il était impossible de voir à quelques mètres sous leur couvert. La fille agrippa sa chemise.

– Où allons-nous ? articula-t-elle sans parler.

Il haussa les épaules et essaya de lui sourire. Elle fit une grimace de terreur feinte et roula contre lui.

On touchait au dossier de leur siège, et il leva la tête. Un visage mince, noir et souriant se penchait vers eux.

– Eh ! Comment ça va ?

– Ça va.

L'adolescent noir sourit et hocha la tête d'un air approbateur.

– C'est ta copine ? demanda-t-il en désignant la fille d'un signe de tête.

– Oui.

– Mignonne.

– Eh ! Calvin, laisse-les tranquilles, dit la fille qui s'appelait Tiwanda. Calvin eut l'air perplexe et disparut brusquement.

– Ben, quoi ? Je lui demandais juste comment ça allait.

– Laisse-les tranquilles, t'entends ?

La jeune fille noire se pencha au-dessus de leur siège. Elle avait de petites oreilles fines et portait des boucles en or.

– Tiens, dit-elle en mettant une boîte de Coca dans les mains de la fille.

– Merci.

– De rien. Il est chaud.

Tiwanda attendit que la fille ait ouvert la boîte et bu une gorgée. Puis elle se rassit, l'air satisfait.

Le garçon et la fille burent chacun son tour. C'était la première fois qu'elle partageait une boisson avec quelqu'un qui n'était pas sa mère, en mettant ses lèvres au même endroit. Ça signifiait qu'elle allait attraper ses microbes, et réciproquement. Tant pis ! S'ils avaient les mêmes, ce ne serait pas gênant.

Il faisait étouffant dans le car. Ça sentait le plastique chaud et l'odeur sucrée et capiteuse de ce que certains enfants noirs s'étaient mis dans les cheveux. Il était très fatigué. Il n'avait plus faim. Il était simplement fatigué.

La fille s'endormait contre son épaule. Il tourna la tête doucement et respira ses cheveux. Il sentit l'odeur du lac, plus quelque chose d'épicé et d'intime.

– Qu'est-ce que tu fais ? dit-elle.

– Je te sens.

– Espèce de malpoli ! dit-elle d'un air doux sans retirer sa tête.

Quand elle fut endormie, il laissa aller sa tête contre le dossier de façon à pouvoir regarder par la fenêtre. Le car passa sur un pont, et il aperçut un torrent qui dévalait contre des rochers noirs et des arbres tombés. Il crut voir bouger quelque chose. Un cerf peut-être, avec des bois fournis, courant dans la même direction que le car. Pour s'en assurer il aurait fallu qu'il se redresse, mais il était fatigué et il ne voulait pas déranger la fille, appuyée contre son épaule. C'était trop tard, de toute façon, pour voir quelque chose. Il reverrait peut-être le cerf plus tard.

Il repensa à ce que serait leur vie tout seuls dans les bois. Une vie de cerfs : on ne les voit pas souvent. Ils auraient besoin de matériel, de couvertures et tout, d'une hache ou de quelque chose pour couper du bois. Il se rappela le chalet et se dit qu'il y en avait d'autres, où ils pourraient trouver tout ce qu'il leur faudrait. Ils noteraient tout ce qu'ils prendraient, bien sûr. Ils pourraient peut-être même laisser un mot avec leurs noms. On connaîtrait leur présence quelque part dans les bois, mais on ne les trouverait pas. Ils pourraient se construire un abri dans un endroit secret : une grotte, un enchevêtrement d'arbres abattus par les tempêtes. Ou peut-être que ce serait mieux de changer sans arrêt d'endroit en faisant de petits feux sans fumée, le soir. Il savait bien faire cela. À l'indienne. C'était à peu près la seule chose qui lui avait plu à la colonie. Ce ne serait pas dur. Pas aussi dur que de rentrer à la colonie. L'hiver, bien sûr, ce serait plus difficile. Il voyait la fille habillée de couleurs automnales, le sourire aux coins des lèvres. Il s'endormit, l'imagination absorbée par ces rêves de survie solitaire.

*
* *

Il se réveilla quand le car quitta la grand-route pour s'engager sur une route non goudronnée. Les phares éclairèrent un talus herbeux couvert de poussière et une pancarte qui indiquait : « Colonie quelque chose ». Il n'eut pas le temps de la lire.

La fille dormait toujours, appuyée lourdement sur son épaule.

Ils suivaient de près l'autre car dont les feux arrière éclairaient tout le pare-brise. Des enfants souriaient et lui faisaient des signes à travers la vitre de la porte de secours. Il ne comprenait pas ce qu'ils voulaient lui dire. Il pensa que ce ne devait pas être important.

Les cars suivirent longtemps cette route en s'enfonçant dans des gorges étroites remplies de brume d'où ils remontaient lentement. Ils tournèrent plusieurs fois et traversèrent quelques routes secondaires. Au début, le garçon essaya de mémoriser le trajet, mais au bout d'un moment il abandonna. Ce serait dur de retrouver leur chemin jusqu'à la grand-route. Peut-être qu'ils ne le pourraient pas, mais il n'était pas certain que ce soit important.

Le car s'arrêta enfin devant un long bâtiment bas s'ouvrant par une portière à double battant sur une seule lampe allumée qui attirait un essaim d'insectes pâles et fragiles.

Le chauffeur arrêta le moteur et manœuvra des interrupteurs. Le car fut inondé de lumière crue. La fille se redressa et s'étira, puis rentra la tête dans les épaules en tremblant légèrement.

– Où sommes-nous ? demanda-t-elle à voix basse.

– Je ne sais pas. C'est un genre de colonie. Nous descendrons avec les autres et nous nous en irons l'air de rien. Il fait nuit. Personne ne s'en apercevra.

Elle acquiesça et se pencha en avant pour essayer de voir à travers le pare-brise malgré le reflet des enfants envahissant l'allée.

Le chauffeur avait ouvert la porte et l'odeur des pins pénétra dans le car.

– Tout le monde reste assis… Restez assis ! répéta-t-il d'une voix forte. M. Carlson va vous dire quand descendre. Nous ne voulons pas que vous alliez vous égarer et vous perdre.

– Hé ! Dites donc ! Ça va être long ? demanda quelqu'un. Je vais pisser dans mon froc !

Le chauffeur fut sur le point de répliquer, mais il descendit du car en fouillant sa veste à la recherche de ses cigarettes. Le garçon et la fille ne disaient rien, ils écoutaient les autres parler et rire derrière eux.

Au bout de quelques minutes, l'homme au bermuda sauta sur le marchepied.

– Bon, mes amis, dans un instant nous allons descendre du car.

Les enfants sifflèrent et l'acclamèrent. Il attendit que le calme se rétablisse.

– Prenez bien toutes vos affaires. Nous allons fermer les cars pour la nuit, et si vous oubliez quelque chose vous vous en passerez. Est-ce clair ? Bon, maintenant, ce bâtiment que vous voyez ici, c'est la Colonie un. Voilà le réfectoire. C'est là que nous mangerons et jouerons…

Il s'interrompit en rougissant et en souriant, à cause de nouvelles acclamations.

– Mme Higgins est à l'extrémité sud du bâtiment. Cela signifie que vous tournez à gauche en descendant du car. Je serai à l'autre extrémité. Les filles vont avec Mme Higgins. Les garçons avec moi. Nous vous montrerons où sont vos lits. Les places sont déterminées. Pas de permutation. D'accord ? Tout le monde connaît sa gauche et sa droite ? Très bien. N'oubliez pas vos affaires.

Il hocha la tête et s'en alla.

Le garçon et la fille suivirent la file qui descendait du car. Un gros avec une valise rose se logea entre eux, et l'espace d'un instant il craignit de la perdre, mais elle l'attendait juste à la porte.

– Où allons-nous ? chuchota-t-elle.

Des enfants qui sortaient du car se bousculaient en appelant leurs copains et en se communiquant leurs projets. Il resta immobile, momentanément désorienté par l'obscurité.

Une grande fille noire déboula près d'eux, les yeux brillants de joie. Elle les enlaça tous les deux de ses bras minces et gracieux, comme si elle avait besoin de s'appuyer sur quelque chose pour ne pas tomber.

– Oh ! Dites donc ! Avez-vous déjà vu ça ?

Elle souriait en regardant le ciel. La Voie lactée s'étalait fraîche et vive dans l'air pur.

– Saviez-vous qu'il y avait tant d'étoiles ? Je ne les avais jamais vues. Saviez-vous qu'il y en avait tant ?

– Incroyable ! Je n'arrive pas à le croire !

La jeune fille noire leva les mains en l'air comme pour faire couler entre ses doigts ces lumières scintillantes. Elle ne remarqua pas que le garçon prenait la main de la fille et s'éclipsait avec elle.

Ils s'en allèrent tout droit vers les bois sombres. Juste au-delà d'un petit abri sentant les toilettes et le désinfectant, il voyait le rideau d'ombre sous les premiers arbres. S'ils pouvaient l'atteindre, ils étaient sauvés. Il sentait déjà le souffle frais des sous-bois contre son visage. Il n'entendait plus les enfants s'agiter derrière eux. Il fut surpris quand une poigne solide s'abattit sur son épaule.

– Dis donc ! lui siffla-t-on aux oreilles. Qu'est-ce que tu fais ? Tu crois que tu peux aller te balader comme ça ?

*
* *

Le parking de la colonie était vide. Maddy gara sa voiture sous la pancarte qui indiquait VISITEURS, et coupa le moteur. En refroidissant, celui-ci cliquetait de façon irrégulière.

Plus haut, sur la colline couverte d'arbres noirs, elle voyait les toits des bâtiments de la colonie. Il ferait bientôt nuit. Laura était peut-être là à l'attendre.

Maddy se demanda si elle avait bien fait de venir. Dans son affolement en apprenant que Laura avait disparu, cela lui avait semblé la seule chose à faire. Maintenant elle ne savait plus. Et si Laura la recevait avec cet air morne et hébété qui lui fermait le visage comme un masque, rendant ses craintes sans objet et même ridicules ? Maddy pensa qu'elle ne le supporterait pas.

Wells lui avait suggéré de ne pas accourir, disant que son déplacement risquait d'être inutile. Il avait paru rassuré de savoir que Maddy avait parlé à Laura. Au début, il s'était visiblement inquiété, devenant presque incohérent, marmonnant des choses vagues à propos d'accidents de baignade possibles, essayant de rassurer Maddy avant même qu'elle eût compris de quoi il s'agissait.

Il y avait eu un moment, durant quelques secondes, où Maddy avait cru que Laura s'était noyée. Pendant ces quelques secondes, elle avait senti comme un rasoir s'enfoncer dans sa poitrine, creusant une plaie qu'elle contemplait sans réagir.

Le malentendu s'était rapidement dissipé. La blessure s'était refermée avant même d'avoir engendré la souffrance. Qu'en aurait-il été si le coup de fil de Wells était arrivé avant l'appel de Laura ? Elle n'osait l'imaginer.

Maddy soupira et, sortant de la voiture, grimpa le long sentier qui menait au bâtiment administratif. L'endroit semblait désert. Deux colons en chemises blanches presque phosphorescentes dans la lumière du couchant l'examinèrent de loin avec méfiance avant de disparaître sous les arbres. Il n'y avait personne d'autre.

À l'intérieur du bâtiment se trouvait un long comptoir de bois jaune. Derrière ce comptoir, une femme d'âge mûr leva les yeux vers Maddy d'un air interrogateur. Elle était très bronzée, et ses cheveux étaient retenus en arrière par le poids d'une barrette argent et turquoise. Sa bouche en cul de poule était entourée de petites rides.

– Je suis Mme Golden. J'ai rendez-vous avec M. Wells.

– Ah oui ! Bob vous attendait, mais il vient de sortir.

La femme ne savait pas quoi faire des papiers qu'elle avait à la main. Elle faillit les mettre sur le comptoir, mais changea d'avis et les posa sur le bureau derrière elle.

– Je crois qu'il est au réfectoire. Je vais le chercher.

Elle semblait craindre de rester seule en tête à tête dans le bureau avec Maddy.

– Attendez. Pouvez-vous me dire si Laura est revenue ?

La femme s'arrêta brusquement.

– Oh ! Je ne crois pas. Bob le saura.

Elle sourit, d'un petit sourire crispé et contraint. Elle regarda Maddy comme si elle attendait la permission de partir.

– Je vais le chercher. D'accord ?

Maddy attendit. Il n'y avait pas où s'asseoir. Sur le mur derrière le comptoir se trouvait un trophée compliqué fait de crosses et de pagaies. Il était couvert de poussière par-dessus le vernis.

Un gros homme monta les marches du bureau en s'essuyant la bouche.

– Juste le temps de manger un morceau, dit-il. Il portait une chemise hawaïenne. Des lunettes à demi-verres pendaient à une chaîne sur sa poitrine.

– Madame Golden ? Je suis Bob Wells. (Ils se serrèrent la main.) Et voici mademoiselle Haskell.

Il fit un geste vers la femme qui revenait sur ses talons, le suivant d'un pas pressé, approbatrice et accueillante comme si ç'avait été pour la voir que Maddy était venue de la ville.

– Elle est la secrétaire de la colonie et certains de nos enfants semblent la considérer comme leur propre mère.

M. Wells et la femme échangèrent un sourire épanoui.

– Bon ! Venez dans mon bureau et voyons si nous pouvons arranger ça.

Il passa derrière le comptoir et entra dans une petite pièce également décorée de trophées. Il parut important à la secrétaire de passer devant Maddy.

– Mademoiselle… Haskell – c'est bien cela ? – me disait qu'elle croyait que Laura n'était pas rentrée, dit Maddy à M. Wells.

M. Wells ne répondit pas tout de suite.

– Asseyez-vous, s'il vous plaît, et mettez-vous à l'aise.

Il s'assit lui-même derrière un bureau, chaussa ses lunettes et posa les mains bien à plat sur un buvard propre.

– Non, elle n'est pas encore revenue.

Il regarda Maddy d'un air réprobateur par-dessus ses lunettes.

– Mais je ne comprends pas, dit Maddy qui commençait à avoir peur. Cela fait plusieurs heures que je lui ai parlé. Où peut-elle être ? Je veux dire, qu'a-t-il pu lui arriver ?

– Voyons, voyons, dit M. Wells sèchement. Je crois qu'il ne faut pas s'inquiéter. Nous savons qu'ils étaient sains et saufs quand vous lui avez parlé. Nous ne savons pas d'où elle appelait, ni où ils sont allés ensuite. Ils peuvent mettre un certain temps à rentrer à la colonie. Nous ne pouvons que les attendre, madame Golden.

– Mais ma fille n'a que treize ans. Est-ce qu'on est parti à leur recherche ? Et si quelque chose…

– Madame Golden, j'ai alerté le shérif et le garde forestier dès que nous avons su qu'ils manquaient à l'appel. Certains de nos moniteurs sont à leur recherche actuellement.

M. Wells parvenait à se composer un maintien compréhensif et offensé à la fois.

– Pourquoi ne les ont-ils pas trouvés ? Je ne comprends vraiment pas.

M. Wells esquissa un geste de surprise et presque de déception, comme si quelque chose l'eût froissé dans l'insistance de son interlocutrice.

– Ma foi ! dit-il patiemment, il faut envisager la possibilité que ça ne les dérangerait peut-être pas de nous inquiéter un peu.

Il échangea un sourire entendu avec Mlle Haskell.

Maddy perdait son calme.

– Écoutez. Ce n'est pas le genre de Laura. Quand elle dit qu'elle revient à une certaine heure, elle le fait. Je l'ai laissée sous votre responsabilité. Je veux récupérer ma fille. Je la veux tout de suite.

– Madame Golden, personne n'est plus conscient de ses responsabilités que moi. Nous faisons tout ce qu'il est possible de faire. Je vous assure que je suis aussi inquiet que vous. Voyons… (Il se pencha en avant, la tête enfoncée dans les épaules pour montrer qu'il arrivait au fait.)… Laura vous a-t-elle dit qu'elle rentrait directement à la colonie ?

– Non, pas aussi précisément…

– Si je ne m'abuse, vous lui avez donné rendez-vous samedi, à la journée des parents.

Maddy regarda Mlle Haskell, qui hocha légèrement la tête comme pour encourager un condisciple un peu obtus.

Maddy revint à M. Wells.

– Voulez-vous dire qu'elle risque de ne pas rentrer avant samedi ? C'est ridicule.

– Madame Golden, je crois pouvoir dire que je connais assez bien ces enfants. Ils ne comprennent pas toujours à quel point leur comportement peut provoquer d'inquiétude et faire faire de soucis, particulièrement à leurs parents. Maintenant, je suis certain que Laura est une aussi bonne fille que vous le dites. Croyez-moi, madame Golden, l'heure de s'inquiéter n'est pas encore venue.

– Laura… commença Maddy, puis elle s'interrompit, ne sachant plus ce qu'elle voulait dire. D'une certaine façon, cet homme l'avait acculée à la défensive, la contraignant à justifier le comportement de Laura.

Elle prit une profonde inspiration et dit :

– Que s'est-il passé exactement, monsieur Wells ? Je crois que vous me devez quand même quelques explications.

Pour la première fois, le gros homme perdit de son aplomb.

– Rien que quiconque approuve ici, madame Golden. C'était, à vrai dire, une mauvaise plaisanterie qui n'a pas tourné comme elle aurait dû et qui a été totalement désapprouvée par la colonie et son personnel.

– Une plaisanterie ? Vous m'avez dit cela au téléphone. Quelle sorte de plaisanterie ?

– Eh bien, c'est une vieille tradition à la colonie. Elle remonte à un lointain passé, aux temps héroïques où, franchement, on n'apportait pas la même attention à la surveillance des enfants que celle qui s'impose aujourd'hui.

Il regarda Maddy pour s'assurer qu'elle le suivait sur ce point important.

Elle attendit. Il se dandina d'un air gêné, tandis que Mlle Haskell se raclait la gorge, aussitôt fusillée par son patron d'un regard si ouvertement courroucé que Maddy en fut stupéfaite. Elle s'aperçut à cet instant précis qu'elle connaissait très peu, au fond, ces gens auxquels elle avait confié Laura.

– Vous devez savoir, madame Golden, reprit M. Wells, que dans une colonie de l'importance de la nôtre, avec des enfants venus de tous les horizons et de tous les milieux… Je suis sûr que vous vous rendez compte qu'il y a toujours quelques éléments qui ne s'adaptent pas tout de suite. Ce qui ne signifie pas qu'ils sont impopulaires, loin de là, ajouta-t-il hâtivement en se méprenant sur le regard affligé de Maddy. Ce sont souvent des enfants très admirés. Les autres recherchent leur compagnie et leur approbation.

– Qu'ont-ils fait à Laura ?

– Quelquefois, continua M. Wells comme s'il n'avait pas perçu l'inquiétude dans la question, il y a des garçons et des filles qui ont une attitude un peu, disons critique par rapport à leurs camarades. Et ces camarades peuvent décider – à tort – que ces garçons et ces filles seraient plus indulgents s'ils étaient confrontés à leur statut de simples mortels. Et aussi qu'il n'y a rien de mal, par exemple, à s'intéresser sainement aux camarades du sexe opposé.

M. Wells eut un léger sourire.

– Monsieur Wells, je ne comprends pas de quoi vous parlez. Qu'ont-ils fait à Laura ?

L'homme céda à regret.

– Eh bien, ils ont laissé Laura et ce garçon, Howie Mitchell, ensemble, sur cette petite île. C'était seulement pour la nuit. Ce n'était pas très intelligent, je vous l'accorde.

Il leva la main pour dissuader Maddy de donner son opinion.

– Je ne pense pas qu'ils aient eu de mauvaises intentions. Le cas se produisait autrefois, et ça se terminait généralement bien. Je pense même que la plupart des enfants ainsi taquinés sont toujours rentrés assez fiers d'eux-mêmes, en fait. Il y a un vieux cabanon, là-bas. C'est absolument sans danger. C'est juste une façon que les autres ont de dire : Allez, les gars, débrouillez-vous !

Maddy sentit son cœur se serrer douloureusement. Elle dit d'une voix blanche :

– C'est la première fois que j'entends parler d'une chose aussi abominable.

M. Wells eut un regard rempli de compassion.

– Madame Golden, je comprends pleinement votre émotion et j'admets que ce ne soit pas une bonne chose pour des enfants sensibles. Et, bien sûr, il y a toujours l'éventualité d'un accident. Dans l'eau, ou ailleurs. C'est pourquoi j'ai mis fin à cette pratique dès que j'ai été nommé directeur. Nous n'avons pas eu à déplorer d'incident de cette sorte depuis des années, croyez-moi. Mais les traditions sont tenaces. Certains enfants ici sont de la troisième génération, si vous m'en croyez.

– J'ai été bouc émissaire, déclara Mlle Haskell.

– Pardon ? dit Maddy, entendant cette femme dire qu'elle avait été bouc.

– Bouc émissaire. Nous appelons l'île « l'île aux boucs », dit-elle en rougissant.

Maddy comprit.

– Je vais porter plainte, dit-elle d'un ton égal. Je vais vous traîner en justice, vous et votre colonie.

M. Wells devint écarlate, et son expression compatissante se durcit pour se fermer totalement.

– Je ne crois pas que votre réaction nous soit d'un grand secours, madame Golden. L'important pour l'instant est de récupérer Laura et Howie sains et saufs.

Maddy le regarda sans rien dire. Elle s'étonna de ne pas avoir senti tout de suite qu'elle haïssait cet homme.

– Maintenant, pour le garçon…

Wells se mit à tripoter des papiers sur son bureau, comme si le garçon était un détail sans importance.

– Je pense que vous n'avez pas à vous inquiéter. C'est un gentil garçon. Calme, diriez-vous, mademoiselle Haskell, n'est-ce pas ?

Mlle Haskell acquiesça. Howie était très calme.

– Non, vous n'avez pas à vous inquiéter, madame Golden. Howie ne fera aucun tort à votre fille. (Il sourit comme si c'était une plaisanterie.) D'abord, il a environ cinq centimètres de moins qu'elle. Vous savez qu'à cet âge les filles sont plus en avance que les garçons.

Maddy n'avait pas craint que le garçon fasse du mal à Laura. Elle n'avait même pas songé à une telle éventualité. Parmi toutes les suppositions qu'elle avait faites, celle-ci lui avait échappé. Elle regarda avec inquiétude l'homme et la femme en se demandant quelles autres horreurs ils lui cachaient encore.

Elle entendit Wells expliquer qu'ils essayaient de prévenir les parents du garçon. Elle comprit qu'ils avaient quelques difficultés à les joindre. Ils étaient en Turquie en train de creuser. Elle se demanda confusément s'ils étaient ingénieurs.

Comme Wells et Mlle Haskell se levaient, Maddy fit de même. Il n'y avait plus rien à apprendre d'eux. Ils l'avertiraient évidemment de tout fait nouveau. Mlle Haskell expliqua qu'elle lui avait réservé une chambre dans un hôtel voisin : elle était certaine que Maddy y serait bien.

– Peut-être que Mme Golden aimerait dîner

avec nous ce soir au réfectoire. Quel est le menu, Hilda ?

Mlle Haskell eut l'air incertain.

– Du hachis parmentier, je crois.

– Ah ! Du vomi de chat. C'est ainsi que les enfants appellent ça. Vomi de chat !

M. Wells sourit à Maddy. Elle craignit qu'il ne lui fasse un clin d'œil.

Le réfectoire

C'était l'adolescent nommé Calvin qui l'immobilisait en lui serrant les coudes, comme Bryce l'avait fait.

La fille s'était fondue dans l'obscurité, mais quand elle vit qu'il était pris, elle revint près de lui.

– Laisse-nous partir, dit Howie. Nous ne vous faisons pas de mal.

– Oh ! mais où voulez-vous aller ? C'est la brousse !

Howie se dégagea d'une torsion. À sa surprise, Calvin le lâcha aussitôt, et recula en levant les mains.

– Ça va. Du calme.

La fille nommée Tiwanda n'était pas loin et les observait sous sa frange de perles. Elle n'avait l'air ni content ni fâché, mais triste.

– Bon, alors. Pourquoi vous fuyez la rousse ?

– Qui ça ?

– La rousse. Les flics. Tout à l'heure à la station-service.

On les avait remarqués. Howie s'était cru invisible, mais Calvin les avait vus et avait compris leur manège. Ils avaient commis une erreur en quittant les bois pour aller dans cette station. Les gens peuvent vous voir et s'intéresser à vous, même s'ils n'en ont pas l'air.

– Nous sommes entrés dans une maison et nous avons pris des trucs.

Le visage de Tiwanda se figea d'affolement.

– Oh ! mince… dit-elle.

– Il le fallait ! Nous les rembourserons.

– C'est bon, dit Calvin. C'est bon. Je comprends. Les gens ne devraient pas laisser leurs maisons traîner partout, pas vrai ?

– Oh ! Calvin, dit Tiwanda, je me demande si nous ne ferions pas mieux de prévenir M. Carlson.

– Ne faites pas ça ! dit Laura.

– C'est vrai, Tiwanda, qu'est-ce qui te prend ? Carlson les renverrait aussitôt. Ils se sauvent, tu ne vois pas ? Est-ce que tu as jamais vu quelqu'un se sauver pour rien ?

– Mais il fait nuit dehors.

Tiwanda regardait les bois avec une réelle frayeur.

– Nous n'avons pas peur, dit Howie.

– Oh, mon chou ! il y a des loups, des ours et de tout là-dedans. Nous ne pouvons pas vous laisser partir ainsi. Elle est effrayée, tu ne vois pas ?

Il regarda Laura. Ses cheveux bruns retombaient sur son visage et lui cachaient les yeux. Elle ne releva pas la tête. Il voulut lui dire que tout allait bien, qu'ils seraient en sûreté la nuit dehors, mais il ne savait pas comment s'y prendre. L'idée lui semblait si simple et pourtant si difficile à expliquer.

– Écoute, dit Calvin, pourquoi ne les gardons-nous pas juste pour la nuit ? Nous pourrons décider quoi faire demain. Personne n'y fera attention. Ils pourraient être arrivés au centre au dernier moment. Personne ne connaît tout le monde, pas même Carlson. Qui est dans ton dortoir ? Pourrais-tu arranger ça ?

– Je ne sais pas, dit Tiwanda, dubitative.

Elle regarda Laura.

– Où allez-vous ? Je veux dire, avez-vous quelque part où aller, ou bien vous sauvez-vous comme ça ?

– Nous devons retrouver ma mère, samedi, à Ahlburg.

– Ahlburg ? Où c'est ?

– C'est une ville, près d'ici.

– Pourquoi ta mère ne vient pas vous chercher directement ?

– Elle ne pouvait pas. Elle… le voulait, mais elle devait travailler.

Tiwanda rejeta la tête en arrière et regarda la fille d'un air sceptique.

– Ça semble louche, dit-elle. Elle tendit la main pour écarter les cheveux de Laura.

– Tu me dis la vérité, ma chérie, ou bien tu me fais marcher ?

– Non, tout est vrai, absolument vrai.

Tiwanda fronça le nez et son regard plongea dans l'obscurité. Derrière eux, ils entendaient des portes s'ouvrir et se fermer, des éclats de voix et des rires.

– Allez, Tiwanda ! dit Calvin. Sois cool !

– Bon, d'accord, dit-elle. Pour cette nuit seulement. Je l'emmène. Mais Susie Burns est avec moi, et elle risque de faire du foin.

– Tu n'auras qu'à la remettre à sa place. C'est comment, vos noms, au fait ?

Ils ne les dirent pas. Ils attendirent de voir ce que Calvin ferait.

– Oh ! Dites donc, vous êtes méfiants ! On fait

confiance à personne. C'est bon. C'est vous qui voyez. Toi, Bonnie, dit-il à Laura, tu vas avec Tiwanda. Clyde et moi vous retrouverons au réfectoire pour le souper.

– Nous devons rester ensemble, dit Laura.

Calvin se mit à rire.

– Tu es adorable, tu sais.

Il se pencha pour voir son visage.

– Vous ne pouvez pas rester ensemble cette nuit, tu vois ? expliqua-t-il. Carlson nous a séparés, garçons et filles. Tiwanda peut t'emmener avec elle sans problème, mais je crois que ça risquerait de se remarquer si Clyde allait avec vous ; tu piges ?

En retournant vers les cars, ils virent un garçon, éclairé par la lumière des latrines, qui les regardait. Il était assez proche pour les avoir entendus, et pourtant personne ne l'avait remarqué. Il était très pâle, avec des cheveux et des yeux clairs. Une valise blanche pendait au bout de ses longs bras.

– Eh ! Pardoe ! dit Calvin. Comment ça va ?

Le garçon pâle fit comme si la question de Calvin ne nécessitait pas de réponse. Il releva légèrement la tête en pointant le menton.

– Qui c'est ? demanda-t-il.

Sa voix était feutrée et sombre.

– Eh ! Pardoe, tu les connais.

– Non. Je ne les ai jamais vus.

– Comment ça ? Ils sont toujours au centre. Voici Bonnie et son frère Clyde.

Le garçon pâle les regarda en réfléchissant. Ce n'était pas agréable de le voir réfléchir. Son visage était complètement immobile et ne laissait rien transparaître.

– Très bien, dit-il enfin.

Il se retourna puis s'éloigna en poussant sa valise avec les genoux.

– Bon, dit Calvin. Allons-y. Ne vous en faites pas pour Pardoe. Il faut toujours qu'il sache tout, mais il ne livre jamais rien.

– Tu ne t'en approches pas, tu m'entends ? chuchota Tiwanda à Laura. Il n'est pas bien. Pas bien du tout.

*
* *

Laura aida Tiwanda à porter ses valises dans l'un des dortoirs : une grosse et une petite, ainsi qu'une mallette de toilette, toutes les trois bleu clair.

En ouvrant la porte, elles entendirent rire et parler.

– Comment fait-on ? disait quelqu'un. Il n'y a pas de place où mettre nos affaires. Pas de placard, rien. Comment on va suspendre nos vêtements pour les défroisser ?

C'était la jolie fille qui adorait les étoiles. Elle était debout entre les lits et tenait un corsage de soie rouge. Quand Tiwanda et Laura entrèrent, elle sourit.

– Eh ! Tiwanda, comment s'appelle ton amie ?

– Voici Bonnie. Elle va rester avec nous cette nuit.

La fille qui aimait les étoiles acquiesça d'un léger signe de tête, avec un sourire pensif. Les autres s'interrompirent dans leurs occupations pour regarder la nouvelle, et un grand calme s'abattit dans la pièce. Un papillon de nuit tournait autour de la lampe suspendue au plafond.

– Il n'y a pas assez de lits, dit une petite boulotte avec une grosse voix. (Elle était assise les jambes croisées sur l'un des lits du haut, et les regardait.) Il y a sept personnes et six lits seulement.

– C'est mon invitée, Susie. Bonnie, voici Susie Burns. Je crois que je t'en ai parlé.

Susie essaya de ne pas regarder la nouvelle.

– Invitée ? Que veux-tu dire par là ? Où va-t-elle dormir ? Elle n'a pas le droit d'être ici.

Tiwanda posa ses valises et se dirigea vers le lit où Susie était assise. Elle posa son grand bras le long des jambes de la fille.

– Elle va dormir avec moi. Ça te dérange ?

La fille rondelette piqua un fard. Des taches rose vif apparurent aux coins de sa bouche.

– Elle n'a pas le droit d'être ici, répéta-t-elle. Elle va tout gâcher. Elle va nous attirer des ennuis.

– Elle ne va pas t'attirer d'ennuis, Susie, parce que tu ne sais rien. C'est compris ?

La petite boulotte ne répondit rien.

– Ça va, Susie, dit une jeune fille blanche aux cheveux noirs, avec des lèvres et des ongles rouge vif.

– Seulement cette nuit ?

Tiwanda acquiesça lentement.

– Oh ! Très bien.

Susie se tourna sur le côté comme si elle ne voulait plus rien voir.

– Salut ! dit en s'approchant la fille qui adorait les étoiles. Je m'appelle Lydia.

– Salut.

Lydia baissa la tête en se mordant la lèvre, comme si elle avait quelque chose d'embarrassant à dire. Laura attendit en se demandant ce qu'elle avait fait de mal. Avait-elle déjà enfreint une règle quelconque ? Ou bien Lydia allait-elle lui dire d'une façon très polie qu'elle ferait mieux de disparaître ?

Lydia prit une grande inspiration.

– Tu veux que je te prête mon peigne ? demanda-t-elle.

*
* *

Le réfectoire était une grande salle remplie de tables rustiques. D'un côté, l'homme qu'ils appelaient M. Carlson sortait des boîtes en carton blanc d'un grand récipient en aluminium et les distribuait à une file d'enfants. Derrière lui se trouvait une grande cuisinière de collectivité. Une femme grisonnante versait du chocolat dans de grandes tasses blanches. La salle était froide et sentait le poulet frit et le chocolat. Tiwanda et Laura retrouvèrent Howie et Calvin assis avec d'autres près de la porte. Ils mangeaient du poulet et du chou en salade dans des petits récipients en plastique.

– Assieds-toi, Bonnie, dit Tiwanda, je vais te chercher à manger.

Laura se demanda s'il y aurait assez de ces petites boîtes blanches pour ceux qui avaient le droit d'être là, mais personne ne semblait s'en inquiéter.

Elle s'assit à côté de Howie, en se glissant assez près de lui pour que leurs bras se touchent. Il ne dit rien, mais il lui sourit pour qu'elle sache qu'il était content qu'elle soit là. Il ne voulait pas interrompre

Pardoe qui expliquait ce qu'il fallait faire si on n'avait pas d'argent.

– Tu trouves un magasin comme K. Mart ou Woolworth's, disait-il, puis tu repères des poubelles dehors. Tu fais comme si tu cherchais des boîtes de conserves ou des bouteilles, mais ce que tu veux, en fait, c'est un sac du magasin avec un ticket dedans. Il y en a toujours. Les gens achètent quelque chose qu'ils veulent utiliser tout de suite, et ils jettent le sac en oubliant le ticket à l'intérieur. Ils n'en ont plus besoin.

C'était une affaire compliquée. Il fallait voler des articles dans le magasin et essayer de se les faire rembourser en utilisant le ticket.

– Oh ! ça ne marche pas ! dit quelqu'un. Ils ont un code qui indique exactement ce que c'est sur le ticket.

– C'est vrai, dit Calvin. Et ils agrafent le sac, si bien qu'il faut le déchirer pour avoir les trucs. Si tu as un sac déjà déchiré, ils t'enverront promener.

Pardoe sourit, comme si personne ne pouvait comprendre.

– Ça ne fait rien, dit-il de sa voix feutrée. Il suffit d'avoir l'air de rien. Comme si ta mère allait téléphoner et se plaindre s'ils ne te traitent pas bien.

Il tourna son regard terne vers Laura.

– Elle pourrait le faire.

Tout le monde la regarda. Cela la mit mal à l'aise. Elle n'avait pas pensé que Pardoe l'avait remarquée. Elle ne voulait pas qu'il s'intéresse à elle. Quand il souriait, sa peau formait de petites rides sèches aux coins de sa bouche.

– Non, elle ne pourrait pas, dit Tiwanda qui était revenue avec deux boîtes de poulet. Elle ne va pas se mêler à un truc de ce genre. Tu entends, Bonnie ?

– Laisse-la tranquille, Tiwanda, dit Pardoe. Que veux-tu qu'elle fasse ? Vendre des journaux ?

– Je le répète : ferme-la avec ton truc. Elle ne fera rien de pareil.

Pardoe détourna la tête en souriant d'un air rêveur. Il semblait très sûr de quelque chose. Si sûr qu'il ne l'expliquerait pas à ceux qui refusaient de comprendre.

Quand ils eurent fini de manger, M. Carlson se leva pour faire le discours d'accueil. Il leur demanda de prendre soin des installations, parce que c'était la propriété de l'État et que cela signifiait que c'était aussi la leur.

Il s'excusa pour la nourriture en boîte ; Milo promettait un repas chaud le lendemain. Tout le monde siffla et applaudit, et un homme coiffé d'une toque de papier blanc se leva et salua. Puis M. Carlson traça le programme du lendemain. Le matin, ils pourraient découvrir la colonie et faire connaissance. Il y avait des courts de tennis et un lac proche où on pouvait se baigner. L'organisation par binôme devait être strictement respecté. Il montra la liste près de la porte. Aucune importance si votre binôme n'était pas un ami.

Dans l'après-midi il y aurait une excursion aux grottes de Corraine. Il fallait être prêt à monter dans les cars à une heure précise. Mme Higgins resterait pour s'occuper de ceux qui n'iraient pas. Il fallait prendre des pulls et des vestes et porter de bonnes chaussures. Pas de tongs ni de talons hauts. Comme la journée avait été longue, l'extinction des feux aurait lieu à dix heures. Jusque-là, quartier libre, dans les limites du raisonnable. Eh non ! il n'allait pas leur dire où était le lac avant le lendemain matin.

Quand M. Carlson se fut rassis, des enfants se levèrent pour ramasser les boîtes vides dans de grands sacs en plastique. D'autres poussèrent les tables contre les murs. On alluma une grosse radio portative et un garçon en blouson avec un grand chapeau de feutre se mit à esquisser quelques pas de danse dans un coin, à l'écart.

Lydia vint à leur table avec une tasse de chocolat.

– Qu'est-ce que c'est, cette excursion aux grottes de Corraine ? Je ne sais pas si j'ai envie de me mêler à ça.

– Tu adorerais ça, dit Pardoe. C'est un gros trou noir dans le sol. Des gens s'y perdent toujours, et généralement on ne les retrouve jamais.

– Ne me dis pas ça. Pourquoi voudrait-on descendre dans un trou ? Même le métro me donne la frousse.

– C'est sans doute intéressant, dit Tiwanda. Je suis déjà allée à la grotte du Mammouth, dans le Kentucky. Il y avait des trucs intéressants. Des poissons sans yeux et des lacs souterrains et tout. Il y avait des stalagmites qui ressemblaient à des œufs sur le plat et d'autres à des orgues. Il y avait de la musique et des illuminations. C'était instructif.

– La grotte du Mammouth est celle où ils ont trouvé ces momies de gens qui se sont perdus.

– Tais-toi, Pardoe. Il n'y a pas de momies là-bas. C'est dans les pyramides d'Égypte.

– Si, je te dis, c'est vrai ! Il y a quelque chose dans l'air là-bas. Ces gens meurent mais ils ne pourrissent pas. C'est un peu comme s'ils séchaient.

– Je suis déjà allé dans une grotte, dit soudain Howie.

Il était assis très droit comme un petit garçon. Laura remarqua qu'il n'avait pas mangé beaucoup de son poulet. Elle ne comprenait pas, parce qu'elle était morte de faim.

– Quelle grotte ? demanda Tiwanda.

– Je ne me rappelle pas son nom. Elle est en Grèce. Elle est très ancienne.

– Ça faisait peur ? demanda Lydia. Parce que si ça fait peur, je ne veux pas en entendre parler.

– Non, ce n'était pas effrayant. C'était plutôt – je ne sais pas – bizarre. (Il eut un petit rire nerveux.) Il y avait ce dieu qui vivait là-bas.

– Dieu ? Dans une grotte ?

Tiwanda était scandalisée.

– Non, pas Dieu, un dieu. Mais un genre de dieu spécial.

– Comme ceux des Romains et autres ?

– Oui. C'était un dieu grec. Il était vénéré autrefois. On avait construit un autel devant la grotte, où on sacrifiait des boucs et autres.

– Qu'est-ce que tu veux dire ? Ils les tuaient ?

– Oui. Et ils découpaient les cadavres et en brûlaient des morceaux. Mais tout cela, c'était autrefois, dit-il à Lydia qui faisait la grimace.

– Pourquoi es-tu allé là-bas ? Qu'est-ce que tu faisais en Grèce ? demanda Pardoe. Il avait l'air vexé, mécontent, mais Howie ne parut pas le remarquer.

– Mon père connaissait bien cette grotte, mais il ne l'avait jamais vue. C'est pour ça que nous avons décidé d'y aller un jour. Elle fut très difficile à repérer parce que nous n'avions qu'une vieille carte trouvée dans un livre, et elle était inexacte. Il a fallu faire des kilomètres à pied et il faisait très chaud. J'ai cru que nous allions mourir avant d'y arriver.

– Comment c'était ? demanda Lydia. Est-ce qu'il y avait des poissons aveugles ?

– Non, rien de ce genre. C'était comme une bouche de métro. Et c'était très grand à l'intérieur. Comme dans un aéroport. Sauf que c'était sombre au fond. Il n'y avait pas de lampes.

– As-tu vu ton dieu spécial ? demanda Pardoe.

Il fit un rictus pour montrer qu'il pensait que ce n'était que de la blague.

Howie prit une cuisse de poulet, la regarda, puis la reposa.

– Je ne sais pas. Peut-être.

Tout le monde se tut.

– Alors qu'as-tu vu, hein ? demanda Calvin au bout d'un moment.

– Je ne sais pas bien. Je me sentais plutôt bizarre, tu sais, avec le soleil et tout. Mon père essayait de lire les inscriptions au mur près de l'entrée de la grotte, et moi j'ai voulu aller voir si j'en trouvais le fond. J'avais une lampe et tout, mais elle ne marchait pas bien parce que c'était avec ces mauvaises piles grecques. Bref, je me suis enfoncé de plus en plus loin, et c'est devenu de plus en plus sombre et j'ai cru voir quelque chose bouger.

Il avait levé les mains pour parler, mais maintenant il les gardait juste à hauteur des épaules. Il souriait un peu.

– Oh ! mince alors ! dit Lydia. Je croyais que tu disais que ce n'était pas effrayant !

– Ça l'était un peu. J'ai eu très peur, en fait. J'ai fait demi-tour et me suis mis à courir, mais je ne voyais plus la lumière de l'entrée de la grotte. Je n'avais même plus l'impression d'être dans une grotte. L'obscurité était partout. Sur toute la terre, semblait-il.

– Oh ! dis donc ! Que s'est-il passé ensuite ? demanda Calvin.

– Rien. (Howie fronça les sourcils et regarda dans la boîte de plastique.) Mon père m'a attrapé et sorti de la grotte. J'ai dû hurler ou quelque chose. Nous y sommes retournés plus tard, mais nous n'avons rien trouvé. Stéphanos – c'est un ami de mon père – a dit que c'était peut-être le dieu. Que certains pensaient qu'il était encore là, mais qu'il ne sortait plus très souvent parce qu'on ne lui donnait plus de boucs.

– C'était sans doute un rat, dit Pardoe. Il y a des rats dans les grottes. C'était un dieu rat.

Howie le regarda, mais ne dit rien.

– Et même si c'était le père Noël, dit Lydia, je n'irai pas dans une grotte demain ! Pas question.

Les enfants se mirent à s'agiter en tapant sur la table et en regardant autour d'eux. C'était comme si Howie avait dit quelque chose qu'ils ne voulaient pas entendre. Quelque chose qui les rendait nerveux.

Laura n'aima pas cela. Elle s'appuya contre lui pour qu'il sente la chaleur de son épaule.

Quelqu'un avait mis la radio plus fort, et des enfants dansaient au milieu de la salle. M. Carlson et Mme Higgins étaient assis avec d'autres adultes à une petite table ; ils parlaient et jouaient aux cartes.

– Viens, Clyde. Allons danser toi et moi, dit Lydia.

– Non, dit-il. Je ne danse pas très bien.

Il sentait le poids de Laura contre lui. Il était très bien. Mais Lydia ne le laissa pas. Elle lui prit les mains et l'entraîna. Il aimait bien Lydia, mais il fut content qu'un des grands du car vienne aussi danser avec eux. Le grand accorda ses pas exactement à ceux de Lydia, si bien qu'ils bougeaient ensemble avec de légers mouvements brefs. C'était agréable de les regarder. Au bout de quelques minutes, il s'éclipsa.

Il vit Laura assise seule à la table avec Pardoe. Calvin et Tiwanda avaient disparu. Pardoe souriait, et

Laura regardait par terre comme si elle voulait que Pardoe la laisse tranquille.

– Enfin, s'il n'y avait pas Clyde. Salut Clyde.

Howie hocha la tête. Ne sachant ce dont Pardoe était capable, il préférait se montrer prudent.

– Je disais à ta sœur que ce n'est pas bien d'aller traîner dans les bois. Les gens vous voient. Ils se demandent ce que vous faites. Ils risquent d'appeler les flics s'ils se posent trop de questions. C'est mieux en ville. En ville, personne ne fait attention à vous.

– Nous allons retrouver sa mère samedi.

– Oh ! je sais. Vous allez retrouver sa mère samedi.

Pardoe répéta, comme une leçon qu'il avait du mal à retenir. Il souriait, puis soudain son regard changea et il se retourna brusquement vers Laura.

– Eh ! Bonnie ! Regarde ça.

Il sortit de sa chemise une clé en cuivre au bout d'une ficelle. Elle était humide et brillante à force de frotter contre sa peau.

– C'est une clé. Et alors ? dit Howie.

– Eh oui, une clé. Mais sais-tu à qui ? Déjà entendu parler d'Art Mobling ?

– Oui. Un type de la télé, dit Howie qui s'entêtait à parler à Pardoe, bien que celui-ci fît comme si Howie n'eût pas été là, ne s'adressant qu'à Laura.

Cela lui donnait l'impression d'être à la fois un gêneur et quelqu'un de transparent.

– C'est la clé de chez lui. Oh là là ! Si tu voyais ! Je parie que tu n'as jamais rien vu de pareil. C'est un peu plus loin dans un des immeubles près du lac. Il y a des fenêtres partout, et tout est blanc, les moquettes et le reste.

– Je ne pige pas, dit Laura, incapable de ne pas réagir. Pourquoi t'aurait-il donné sa clé ?

Pardoe rougit mais il lui sourit comme si elle avait posé la question qu'il attendait.

– C'est un ami à moi. Un très bon ami. Il aime aider les jeunes, et je l'aide aussi. Il m'a donné cette chemise. Elle te plaît ?

Il étendit les bras mais Laura détourna la tête.

– Il t'aiderait, Bonnie. Réellement. Tu vas le voir, tu dis que tu es une de mes amies. Je te donnerai la clé afin qu'il sache que tu es quelqu'un de bien. Il prendra soin de toi. Vraiment. Ça vaudra mieux que les bois. Pas de conditions là-dessous. Tu es gentille avec lui. Il est gentil avec toi. C'est à ça que servent les amis.

Pardoe attendit une réponse, mais Laura se contentait de fixer le sol. Elle semblait incapable de bouger. Howie eut l'impression que le silence durait des heures.

– Tu aimes la pizza ? reprit vivement Pardoe. Bon Dieu, Art et moi avons mangé une de ces pizzas, la dernière fois que j'étais chez lui ! Avec tout dessus, même des anchois. Tu aimes les anchois ?

– Je t'ai dit que nous avions rendez-vous avec sa mère.

Pardoe se tourna lentement vers Howie. Il souriait encore.

– Tu sais quoi, Clyde ? Tu n'arrêtes pas de la ramener alors que je ne te parle même pas. Je sens que je vais me fâcher. Il se pourrait bien que je te calotte un peu. D'accord ?

Howie sentit qu'il tremblait. Il risquait même de se mettre à pleurer. Quand on lui parlait sur ce ton, le quelque chose qui lui permettait de tenir debout lâchait. Pardoe s'en était aperçu, ça se voyait à son regard.

– Minable, dit-il. Viens, Bonnie. Allons quelque part où nous pourrons être seuls.

Il se leva et essaya d'entraîner Laura. Il ne regardait plus Howie, définitivement classé au rang de quantité négligeable. Howie lui décocha un terrible coup de pied dans le genou. Pardoe émit un cri affreux et tomba par terre. Howie le regarda, étonné. Il ne se serait pas cru capable de faire mal à Pardoe. Il ne s'attendait même pas à le voir tomber. Il pensait que Pardoe allait se relever comme un héros de la télévision et lui donner des coups.

Pardoe resta par terre. Il était allongé sur le côté et se tâtait le genou d'une main. Il paraissait soudain petit et fragile. Son visage s'était chiffonné comme du papier de soie, de grosses larmes roulaient au bord de ses yeux.

Tout le monde accourait, et ce fut une grande bousculade. Howie se retrouva loin de Pardoe, derrière les autres. Il essaya de passer devant, mais quelqu'un le retint.

– Bon ! Bon ! Poussez-vous ! Qu'y a-t-il ?

M. Carlson se frayait un passage dans la foule en jouant des coudes.

Il n'était pas comme M. Wells. Il n'avait pas peur de toucher les gens. Il les attrapait et les poussait, au besoin.

– Pardoe est tombé, dit quelqu'un.

– Allons, pas d'histoires ! Que s'est-il passé, Pardoe ? Qui a commencé ?

À travers un écran de bras et de jambes, Howie vit que Pardoe essayait de se redresser. Il ne pleurait plus, mais ses larmes laissaient des traînées rouges sur son visage.

– Je suis tombé, dit-il. J'ai un mauvais genou.

M. Carlson regarda Calvin, Tiwanda et les autres.

Il ne lut rien sur leurs visages muets. Tous faisaient très attention de ne pas regarder Howie.

– Très bien, dit M. Carlson d'une voix lasse. La fête est terminée. Extinction des feux dans un quart d'heure.

Les dortoirs

Howie se laissa entraîner par Calvin et ses copains. Son seul désir eût été de retrouver Laura et de partir – fuir quelque part. Mais elle n'était plus là quand il la chercha des yeux, et il n'eut pas la force de résister à Calvin qui le poussait dehors.

Il se demanda ce qu'ils allaient lui faire. Sans doute le tabasser, parce qu'il avait donné un coup de pied en traître à Pardoe. Il était un lâche et il le savait. C'était à cause d'actes semblables qu'il avait été pris comme bouc émissaire. Jusque-là Calvin et les autres n'en savaient rien, mais c'était fini.

Il avait honte aussi d'avoir fait mal à Pardoe. Quand celui-ci s'était trouvé à terre en train de pleurer, il n'avait plus l'air d'un dur, il ressemblait à un petit enfant. Cela avait beaucoup étonné Howie. Il n'en revenait pas.

Arrivé dans le dortoir, Calvin se jeta sur l'un des lits en se tenant les côtes de rire.

– Oh, ça alors ! dit-il. Nous avons un as du kung fu ici. Avez-vous vu Pardoe à terre ? Bing !

– Qu'y a-t-il de si drôle ?

C'était un gars appelé Mason. Il s'était adossé à la porte, barrant le passage.

– Qu'est-ce qui te prend, Mason ? demanda Calvin.

– Ce petit minable a attaqué Pardoe par-derrière.

Calvin n'avait pas vu le coup de pied, pensa Howie. Il n'allait plus rire, à présent.

Mais Calvin riait encore.

– Et alors ? Qui a dit que Pardoe devait regarder ?

Mason s'humecta les lèvres en regardant les autres.

– Ça n'est pas loyal, dit-il avec entêtement.

– Oh, dis donc ! ne joue pas les Zorro ! Tu regardes trop la télé. Pardoe s'attaque à un bandit, il risque un mauvais coup. Il devait s'y attendre.

– Qu'est-ce que tu veux dire, avec ton bandit ?

– Un bandit, parfaitement. Et ces gens-là ont leurs propres lois !

Howie ne comprenait pas. Ni Mason.

– Quelles lois ? De quoi parles-tu ? demanda celui-ci.

Calvin se redressa et fit signe aux autres de s'approcher.

– Écoutez, les enfants, je vais vous dire la première loi des bandits. (Il leva son long index bien droit.) Si vous voyez que vous allez être pris dans une bagarre loyale, ne vous battez pas loyalement.

Il s'allongea sur le lit, les bras derrière la tête.

– C'est comme la société, vous ne voyez pas ? Ils font toutes ces lois que tout le monde doit suivre. Mais quelquefois on voit que ces lois vont nous mettre en pièces. Alors on se fait bandit. On est un bandit fort quand on sait qu'on n'est plus obligé de jouer le jeu.

Howie ne comprenait toujours pas très bien ce dont Calvin parlait. Il ne pensait pas être réellement un bandit. Mais peut-être qu'il n'était pas non plus un bouc émissaire.

*
* *

Lydia leva ses jolis bras vers le plafond du dortoir en faisant glisser ses bracelets dorés jusqu'à ses coudes.

– Oh, dis donc ! ce Clyde est terrible ! As-tu vu ses yeux ? Quels yeux aguicheurs !

Elle eut un petit frémissement des épaules.

– Tais-toi, Lydia, dit Tiwanda. Il est à Bonnie. Si tu l'embêtes, elle t'embêtera. Pas vrai, Bonnie ?

– Oui, dit Laura. Oui, c'est vrai.

Elle était mécontente et énervée. Elle avait envie de faire du mal à quelqu'un.

Lydia se mit à rire.

– D'accord ! J'abandonne. Mais si jamais tu le lâches, fais-moi signe.

– Du calme, Lydia, dit Susie Burns. Il est trop petit pour toi.

– Oh non ! Pas du tout. Je serai sa sœur et sa maman. Je lui apprendrai tout ce que je sais. Et cette histoire de grotte ? Y est-il vraiment allé, Bonnie ? A-t-il réellement vu cette espèce de dieu ?

– Je ne sais pas. Oui, je crois.

Elle n'avait pas la tête à les écouter. Elle n'avait plus envie de penser à tout ça. Pardoe lui avait fait peur. Elle n'avait pas bien compris ce qu'il voulait, mais elle avait été écœurée, comme si on lui avait enfoncé quelque chose de sale et de sucré dans la bouche.

Elle regarda Tiwanda enlever sa robe et la mettre sur un cintre, puis accrocher le cintre à un clou près de la porte, puis enfiler un peignoir blanc. Elle paraissait forte et rassurante.

– Tiwanda, demanda-t-elle, qu'est-ce qui ne va pas chez Pardoe ?

Tiwanda soupira.

– Il a une triste histoire familiale. Ne t'inquiète pas. Il ne viendra plus t'embêter.

– Je le tuerai.

Tiwanda regarda Laura, assise sur un lit, les mains croisées entre les genoux. Ses yeux étaient très grands, et elle regardait droit devant elle.

– Je le tuerai, répéta-t-elle.

Tiwanda s'assit près d'elle et l'entoura de son bras ; les minces épaules de Laura tremblaient.

– Un jour, mon chou, quelqu'un le fera. Pardoe a eu mal. Je ne veux pas dire quand ton copain l'a cogné, je veux dire avant. Il a eu très mal à l'intérieur. Ça le rend tout bizarre. C'est pour ça que M. Carlson le laisse venir avec nous à la colonie. Il croit qu'il peut arranger ça.

– M. Carlson, c'est un homme bon, il ne voit pas combien Pardoe est méchant. Mais un jour tout le monde le verra et on dira : « Oh, c'est vrai ! Nous avons tellement fait de mal à cette chose, nous ne pouvons pas la laisser vivre. Il faut la tuer.» Mais ce n'est pas à toi de le faire, mon chou. Ce n'est pas à toi de le faire.

– Eh! Ça suffit, Tiwanda. Y a personne qui va tuer ce môme! dit Lydia. Bonnie, je parie que tu n'as même pas de brosse à dents, hein?

Laura hocha la tête, incapable de se rappeler quand elle s'était brossé les dents pour la dernière fois. À la colonie, sans doute. Ça paraissait très loin.

Lydia lui tendait une brosse à dents neuve, encore dans son emballage plastique.

– Merci, dit-elle sans réfléchir.

Elle se demandait si Pardoe se brossait parfois les dents. Elle revoyait ses dents légèrement grises.

– Mais… et toi? Je ne veux pas te priver de ta brosse à dents.

– Je t'en prie, j'en ai une autre.

– Tu as deux brosses à dents? demanda Susie qui écoutait attentivement ce qui se disait.

– Il le faut. Il faut en utiliser une pendant que l'autre sèche. Comme ça, elle ne garde pas les microbes.

– Oh! dit Susie. C'est vrai. J'avais oublié ce détail!

Il y avait une petite pièce attenante au fond du dortoir, avec des lavabos et des toilettes. C'était bien mieux qu'à la colonie, que sa mère payait à prix d'or, se dit Laura. Elle se lava la figure et les dents, puis s'assit sur le lit de Tiwanda où elle regarda les autres se préparer pour la nuit.

Elles avaient de jolies choses, des peignoirs et des chaussons neufs. Elles se mettaient de la crème sur le visage, et les Noires qui avaient des perles dans les cheveux mettaient des bonnets de douche en plastique. Comme elles n'avaient pas l'air de penser que les vacances leur abîmeraient forcément les cheveux, elles n'étaient pas aussi malpropres que les filles à la colonie. Cela surprit un peu Laura, parce qu'elle était sûre qu'elles n'avaient pas autant d'argent. En tout cas, elles en avaient assez, pensa-t-elle, pour ne pas devoir être malpropres. Visiblement, elles aimaient que tout soit net.

Elle commença à se tracasser sur la façon dont elle allait dormir avec Tiwanda, qui prendrait pas mal de place. Elle n'avait jamais touché de peau noire. Elle n'avait même plus jamais dormi avec quelqu'un depuis qu'elle était grande, à part avec Howie, mais c'était différent. Elle craignait de ne pas savoir comment se comporter.

Elle finit par prendre la décision d'enlever ses chaussures, ses chaussettes et son jean, et de dormir en culotte et tee-shirt. Elle pensa que ça irait.

Quand elle baissa son jean, Tiwanda dit d'un air de reproche :

– Eh ! où as-tu été chercher une culotte pareille ?

Laura, penchée en avant, s'immobilisa, le jean aux genoux, sans comprendre pourquoi Tiwanda lui parlait sur ce ton. Elle commença à paniquer.

– Je l'ai trouvée, dit-elle enfin, faiblement.

– Ça, c'est certain.

– Ça suffit, Tiwanda, dit la fille blanche au rouge à lèvres éclatant. Je la trouve adorable.

– Oui, c'est ça ! (Tiwanda se planta devant Laura.) C'est une culotte de prostituée. Ta mère va te casser un balai sur le dos si elle voit ça. Tiens.

Elle fouilla dans sa valise et en tira une volumineuse culotte de coton blanc.

– Mets ça. Et ça aussi, ajouta-t-elle en sortant un pyjama. Je ne vais pas dormir près de toi toute nue.

– Elle me plaît, sa culotte, dit Lydia. C'est personnel. On porte ce qu'on veut ici. Mais, chérie, ce tee-shirt, non ! Milk Bar ? Tu n'as pas l'intention de faire de la pub ? Surtout pour ce que tu ne vends pas.

– Attention, elle va pleurer, dit Susie.

Elle avait l'air content, comme si c'était ce qu'elle attendait depuis le début.

– C'est vrai ? Eh bien, peut-être qu'elle a ses raisons pour le faire. Elle n'a pas besoin de votre aide.

Laura ne savait pas pourquoi elle avait envie de pleurer. Elle n'était plus ni inquiète ni apeurée. C'était peut-être parce qu'elles étaient gentilles avec elle. Gentilles avec un bouc émissaire ! Elle avait failli oublier qu'elle était censée en être un. Non, elle ne l'oublierait pas, et elle ne le pardonnerait pas non plus. Mais ça ne paraissait plus avoir la même importance. C'était comme si tout était arrivé à quelqu'un d'autre, à une enfant plus jeune. Elle pleurait sur cette enfant-là. Ce n'était pas de l'apitoiement sur soi-même, vu qu'elle n'était plus la même personne. C'était du regret pour ce qui était arrivé à cette petite fille.

Elles éteignirent la lumière et se mirent au lit. Après quelques instants, la femme aux cheveux gris passa la tête par la porte.

– Tout va bien ici ?

– Oui, madame Higgins. Bonne nuit, madame Higgins.

– Bonne nuit.

– Bonne nuit à vous.

Laura se collait au mur. Il y avait l'épaule de Tiwanda contre la sienne, douce et chaude. Elle se sentait timide, pas très à l'aise mais en sécurité.

Tiwanda lui prit la main.

– Quel est ton vrai nom ?

Elle dut faire un effort de réflexion.

– Laura. Laura Golden.

– Laura. C'est un joli nom. C'est ta mère qui l'a choisi ?

– Oui.

– Laura, je veux que tu me promettes quelque chose. Dès que tu arrives en ville demain, tu appelles ta mère. Tu l'appelles et tu lui dis de venir te chercher aussitôt. Tu dis ce que tu veux, n'importe quoi qui la fera venir. C'est promis ?

– D'accord.

– Dis : je le promets.

– Je le promets.

– As-tu de l'argent ? demanda Tiwanda.

– Non. Quarante et un cents.

– Ce n'est pas assez. Je vais t'en prêter. Tu me rembourseras.

– D'accord. Merci.

– De rien. Je vais peut-être pouvoir dormir maintenant.

Mais Tiwanda ne s'endormit pas tout de suite. Laura la sentait éveillée, les yeux ouverts, réfléchissant.

– Quel est le nom de ton ami ? demanda-t-elle.

– Je ne sais pas, dit Laura.

Elle-même en fut surprise, mais c'était la vérité. Sur l'île, elle n'avait pas eu envie de le savoir, et ensuite cela n'avait plus eu d'importance. Elle le lui demanderait, à l'occasion.

Tiwanda grogna comme si elle n'était pas étonnée.

– Tu l'aimes beaucoup, n'est-ce pas ?

– Oui.

– Il ne va pas t'amener d'ennuis, hein ?

– Non. Il s'occupe de moi. Nous prenons soin l'un de l'autre. C'est pour cela qu'il faut que nous restions ensemble.

Tiwanda soupira et lui lâcha la main.

– Bien sûr, dit-elle. Bien sûr.

*
* *

Howie se réveilla alors qu'il faisait encore nuit. Il resta allongé sans bouger sur la pile de couvertures que Calvin lui avait installées et tendit l'oreille. Il n'y avait pas d'autres bruits que les respirations des dormeurs. C'était donc un rêve qu'il venait de faire.

Il avait rêvé de la grotte. Dans son rêve, elle n'était pas si sombre. Et il y avait une lumière, au loin, si vive qu'il ne pouvait la regarder. Il traversait cette lumière et débouchait dans un bois : non pas la forêt de pins qui entourait la colonie, mais des oliviers. Une brise marine soulevait leurs feuilles en faisant briller leur dessous argenté. Le soleil était vif et chaud, l'air avait une odeur salée, épicée, avec une légère senteur âcre de charbon de bois qui se consume. Quelque chose bougeait sous les arbres. Il le voyait du coin de l'œil, mais comme il regardait, ça avait disparu. Il se disait d'abord que c'était la fille, mais alors il se rendait compte qu'elle était près de lui et lui tenait la main.

– Tu as vu ? lui demandait-il. Qu'est-ce que c'était ?

Elle répondait quelque chose qu'il ne comprenait pas. Ses oreilles s'emplissaient d'une sorte de grondement silencieux.

Une fois réveillé, il essaya de réfléchir à ce qu'elle avait pu dire. Il ne comprenait pas. Avait-elle eu peur ? Il n'en était même pas sûr.

Sentant qu'il ne pourrait pas se rendormir, il se leva, s'enveloppa dans une couverture et sortit sans bruit du dortoir. L'air était frais.

Il se rappela qu'il n'avait pratiquement rien mangé la veille, mais il n'avait toujours pas faim. Il en était fier. Il pensa que ça signifiait qu'il devenait résistant, ce qui leur permettrait de survivre.

Il chercha le dortoir qu'il pensait être celui de la fille, et s'assit sur les marches dehors. Il gratta légèrement à la porte mais il n'y eut pas de réponse. Elle devait être endormie. Il savait qu'il ne pouvait pas entrer la chercher, mais tant pis. Il était assez près pour le moment.

Il s'adossa à la porte et écouta le silence des bois. Quelque part dans les taillis obscurs quelque chose de gros et de lourd se déplaçait. Il entendait les brindilles et les branches se casser, les feuilles frémir. Le bruit s'arrêtait de temps à autre, comme si la bête elle-même écoutait, puis il reprenait.

Le garçon, parfaitement immobile, n'avait pas peur. Il n'aurait pas à aller seul dans l'obscurité. Elle viendrait aussi, s'ils devaient y aller. C'était comme un soulagement de savoir qu'elle dormait et ne pouvait pas entendre le bruit. Bientôt il retournerait au dortoir des garçons et se rendormirait.

Quand ils s'étaient mis au lit, le garçon avait vu que Calvin avait les bras marqués de petites cicatrices rondes, comme des traces de balles. Mais ce n'était pas ça. C'étaient des brûlures. C'est le père de Calvin qui les lui avait faites quand Calvin était petit.

Howie ne comprenait pas comment un père pouvait faire cela. Calvin avait dit qu'il y a des choses qu'on ne veut pas comprendre. En tout cas, le père de Calvin était mort. Howie se demanda si c'était lui l'homme découpé du musée de la Science et de l'Industrie. Peut-être – sans doute pas, mais peut-être.

Il fallait que ce soit un homme et une femme

dont personne ne s'était soucié. Ils ne se connaissaient sans doute même pas l'un l'autre. S'ils s'étaient connus et aimés, ils auraient peut-être empêché ça.

Il avait aussi du mal à croire que des gens en découpaient d'autres ainsi pour les mettre en vitrine, même morts et abandonnés de tous. Mais il savait maintenant qu'il y avait des gens capables de ça.

Il se demanda si Pardoe serait découpé un jour. C'était possible. Il se demanda si les découpeurs s'arrêteraient quand ils en seraient, disons à la moitié. Il imagina le cadavre de Pardoe passant dans une grosse machine comme celle à trancher le jambon. Il y aurait la moitié d'un corps, et le reste débité en rondelles.

Les découpeurs se diraient peut-être : « C'est une chose atroce que nous faisons », mais ils ne pourraient pas s'arrêter. Ce serait trop tard.

*
* *

Le lendemain matin, au petit déjeuner, Laura le trouva assis seul et un peu à part. Il mangeait quelque chose de blanc et de floconneux couvert de sirop. Il mangeait très proprement, comme un chat. Elle eut soudain un accès de tendresse pour lui. Elle était si contente qu'il soit là. Elle eut envie de chahuter ; de le serrer dans ses bras et de le faire rouler à terre. Elle était sûre d'y parvenir. Elle était plus grande que lui. Évidemment, elle ne pouvait pas faire ça. Lui ne s'en serait pas formalisé, mais les autres auraient pensé qu'ils étaient fous. Elle se contenta de se glisser sur le banc et de heurter sa hanche aussi fort qu'elle le put. Il lui sourit en lui rendant le coup.

– Beurk ! fit-elle. Qu'est-ce que c'est ?

– Du gruau. Du gruau de maïs. Tu en as déjà mangé ?

Elle fit non de la tête.

– Moi non plus. C'est pourtant très bon. On met plein de sirop dessus. C'est la spécialité de Milo. T'en veux ?

– Je ne sais pas. Je peux goûter ?

– Bien sûr. C'est ma seconde ration.

Il lui donna sa cuiller et s'appuya le menton sur le poing pour la regarder manger. Il semblait ne pas pouvoir s'arrêter de sourire.

– C'est une jolie chemise, dit-il.

Il tendit la main pour toucher le col soyeux de la chemise rouge.

– C'est vrai. Lydia me l'a donnée. Elle m'a dit que mon tee-shirt était vulgaire. Tu sais, Milk Bar. Elle fit un geste qu'il ne comprit pas aussitôt. Il fut obligé de réfléchir.

– Eh ! dit-il. C'est vraiment ce que ça signifie ?

Il se demanda si quelqu'un avait joué un tour à la blonde en lui faisant porter ça. Cela aurait été méchant.

– Crois-tu que cette fille le savait ? demanda-t-il.

– Bien sûr. Elle en avait, tu sais, des seins. Je peux mettre plus de sirop ? Pourquoi ris-tu ?

Elle se sentit rougir. Elle n'avait jamais dit ce mot-là à un garçon.

– Je ne sais pas.

Il voulait lui dire à quel point elle comptait pour lui mais ne savait pas comment, aussi lui dit-il :

– Nous aurions été très bien dans les bois cette nuit, tu ne crois pas ?

– Certainement. Je n'avais pas vraiment peur. Enfin peut-être un peu. Mais nous aurions été très bien. C'est mieux de n'être que tous les deux, parfois.

– Je le crois aussi. Ils sont pourtant gentils.

– Sauf Pardoe.

– Oui. J'ai cru qu'ils allaient me tabasser, mais Calvin s'est contenté de rire.

– Pourquoi t'auraient-ils tabassé ?

– Parce que je lui ai donné un coup de pied pendant qu'il ne me regardait pas.

La fille haussa les épaules.

– Il est plus grand que toi. J'aurais dû le faire aussi, mais il était tellement dégoûtant que j'avais peur de le toucher. Où est Calvin ?

Le garçon se gratta le poignet et examina le réfectoire qui était presque plein désormais, mais il ne vit pas le grand adolescent noir.

– Je ne sais pas. Il est allé trouver Milo. Il a pensé qu'il pouvait lui demander de nous emmener en ville.

– Vraiment ? Ce serait formidable.

– Mais ce n'est pas la bonne ville ! C'est un endroit qui s'appelle Barnesville. Je ne sais pas comment nous rentrerons après.

– Écoute. Ça ne fait rien. J'ai promis à Tiwanda que j'appellerais ma mère et lui demanderais de venir nous chercher. Je ne lui ai pas bien expliqué la première fois. Si je lui dis ce qu'ils nous ont fait, elle sera obligée de venir. Qu'y a-t-il ? Tu ne crois pas qu'elle viendra ?

– Je ne sais pas. Mais si elle ne veut pas que je parte avec toi ?

– Ne t'inquiète pas pour ça. Elle te laissera venir. Si elle ne veut pas, je n'irai pas non plus. Eh ! j'ai tout mangé. Veux-tu que j'aille en chercher d'autre ?

Howie la regarda traverser la foule avec son assiette vide. Il aurait voulu être aussi certain qu'elle pour sa mère. Il savait que leur séparation allait devenir inévitable, dès qu'ils seraient avec sa mère. Il savait comment ça risquait de se passer : les adultes les maintenant par les épaules, et parlant par-dessus leurs têtes. Ils pourraient essayer de rester ensemble, mais il ne croyait pas qu'ils seraient assez forts. Ils n'étaient vraiment forts que lorsqu'ils étaient tous les deux seuls.

Ahlburg

Le matin, Maddy se rendit au bureau du shérif situé dans une petite extension construite en façade d'une maison et couverte de panneaux d'amiante. C'était très propre. Sur le linoléum brillant, ses chaussures laissèrent de jolies empreintes poussiéreuses.

Le shérif était un vieil homme en complet brun. Ses manières étaient sèches, précises et guindées.

D'après lui, Maddy n'avait pas vraiment à s'inquiéter, puisqu'elle avait eu des nouvelles de Laura. Il traitait ça comme un cas de fugue. D'accord, il y avait toutes ces histoires qu'on entendait à la télévision et ailleurs, mais quatre-vingt-dix-neuf fois sur cent les fugitifs reviennent sains et saufs de leur plein gré.

La police d'État avait été avertie. Elle contrôlerait, bien entendu, tous les auto-stoppeurs de l'âge approximatif de Laura. L'officier régional pour la jeunesse – une demoiselle Gallagher – avait été prévenu. Inutile d'aller la voir, elle ne savait rien.

Il pensait que Laura serait le lendemain à la journée des parents, ou même rentrée chez elle. Ainsi faisaient généralement les fugueurs des colonies des environs. Il espérait que Maddy l'informerait si cela arrivait. C'était une courtoisie qu'ils appréciaient, et qui les aidait à tenir leurs dossiers à jour.

Il y avait autre chose. Un rapport qui, selon lui, pouvait être en liaison avec ce cas. De ses doigts secs il se mit à feuilleter une pile de papiers roses sur son bureau.

– Des effets personnels – des vêtements – ont été volés dans des paniers à la baignade de la plage municipale. Les agents chargés de l'enquête ont affirmé qu'un garçon et une fille de l'âge des fugueurs étaient soupçonnés... Voilà.

Il éloigna de ses yeux une feuille de papier en la tenant à bout de bras afin de pouvoir la lire.

– Enfin. Cela ne nous aide pas beaucoup. Un polo vert, un maillot de bain. Une petite rusée avec des lunettes. (Le vieil homme sourit à Maddy.) Cela ressemble-t-il à votre fille ?

Maddy se raidit.

– Ma fille a été effrayée et très mal traitée. Je doute qu'elle ait eu le temps de commettre des vols dans des baignades.

– Non, bien sûr, dit le shérif. Les coupables ont sans doute beaucoup d'expérience. La fille distrayait apparemment le vendeur pendant que le garçon commettait le larcin. Le garçon est décrit comme très calme. Pas le genre d'enfants qu'on a dans une colonie.

Il jeta la feuille rose sur son bureau. En la regardant retomber sur le tas, Maddy se demanda ce qu'il avait bien pu vouloir dire par sa dernière remarque.

*
* *

En sortant du bureau du shérif, Maddy s'arrêta sur le trottoir et regarda la rue vide. Il lui fallait occuper la journée, mais quoi faire ? Une enseigne au-dessus du café voisin de l'hôtel, de l'autre côté de la rue, annonçait DINER. Elle traversa la rue et entra.

Elle s'assit près de la fenêtre dans un box de plastique rouge capitonné. Une serveuse en jupe courte lui apporta un menu. Il y avait de grandes photos de plats surchargés d'œufs au bacon, d'énormes sandwiches à trois ou quatre épaisseurs, et de plateaux de fruits avec des melons entiers et des ananas. Elle eut l'impression d'être conviée à mourir d'indigestion. Elle commanda des céréales.

La serveuse lui apporta un pichet de lait froid et un bol. Dans le bol il y avait une petite boîte de céréales encore close.

Tout en mangeant, Maddy lut attentivement la liste des ingrédients inscrits sur la boîte. C'était essentiellement des fibres végétales – très peu nutritif. Cela semblait en quelque sorte approprié.

Quand elle eut terminé, elle se rappela qu'elle n'avait pas appelé son bureau pour leur dire où elle résidait. Elle avait donné le numéro de la colonie, mais pas celui de l'hôtel. Ce n'était pas trop grave. La colonie savait où la joindre au cas où Laura aurait appelé ; mais comme elle n'était pas dans sa chambre, elle fut soudainement convaincue que Laura l'avait appelée, mais qu'elle avait manqué le message parce qu'elle traînait dans ce café.

Elle paya l'addition et se hâta de rentrer à l'hôtel, légèrement titubante.

Il n'y avait pas de message. L'employé en était certain. Il lui montra le carnet où on les notait et s'apprêtait à lui donner de plus amples explications, mais elle s'en alla. Elle appellerait quand même son bureau. C'était toujours possible.

Une jeune femme en jean et anorak lui saisit le bras.

– Madame Golden ? Je suis Margo Cutter.

– Est-elle revenue ?

– Non. Nous n'avons pas de nouvelles. Puis-je vous parler un instant, madame Golden ?

– Excusez-moi, je voulais…

– S'il vous plaît, madame Golden. Vous avez parlé à Laura hier, n'est-ce pas ?

– Oui. Oui, c'est vrai.

– Eh bien, vous a-t-elle dit quelque chose à propos de Howie ? Je veux dire, vous a-t-elle dit qu'il était avec elle ?

Maddy essaya de se rappeler. Laura n'avait pas mentionné le garçon. Elle en était presque sûre.

– Non, dit-elle. Je ne savais pas qu'il y avait un garçon dans l'histoire avant que M. Wells me le dise. Est-ce important ?

– Je ne sais pas. Peut-être pas. Le fait est que nous ne sommes pas certains qu'ils soient ensemble. Ils ont été… ils ont été emmenés dans l'île séparément. Je sais que l'île est petite, mais ils ne se sont peut-être pas retrouvés. Je me sentirais un peu plus tranquille si je savais qu'ils sont ensemble.

– Pourquoi ?

– Vous le comprendriez si vous connaissiez Howie. Il est si petit, je ne sais pas, empoté. Je me tracasse presque davantage pour lui que pour Laura.

Maddy ne savait pas quoi dire. Ce garçon, cet Howie ne lui semblait pas très réel.

– Je ne veux pas vous effrayer, madame Golden, mais je trouve qu'on ne prend pas l'affaire assez au sérieux.

Maddy la regarda.

Que voulait dire cette femme ? S'attendait-elle à ce que Maddy sanglote ? S'arrache les cheveux ? Elle éprouva soudain un vif agacement.

– Excusez-moi, mademoiselle Cutter, il faut que j'appelle… commença-t-elle, mais la jeune femme ne l'écoutait pas.

– Nous ne savons absolument rien ! Laura ne sait pas nager. Nous ne savons pas comment elle est partie de l'île. Nous ne savons pas s'ils sont ensemble. Nous ne savons pas si quelqu'un les a emmenés ou quoi. Ils n'avaient rien, madame Golden. Ils n'avaient ni vêtements ni argent. Je ne comprends pas…

– Qu'avez-vous dit ?

Maddy avait coupé la parole à la jeune femme et sa question fut suivie d'un énorme silence.

Margo la regarda d'un air inquiet et perplexe.

– M. Wells ne vous l'a pas dit ? Ils… ils ont été déshabillés avant d'être abandonnés sur l'île. Ils étaient nus.

Maddy n'en croyait pas ses oreilles. Comment avait-on pu laisser faire une chose pareille ? Elle avait envie de hurler de chagrin et de colère, mais, au lieu de ça, elle fixait l'employé en train de trier le courrier avec rapidité et précision.

– Le shérif… (Elle dut s'éclaircir la voix avant de reprendre.) Le shérif m'a dit qu'un garçon et une fille ont volé des vêtements à la plage municipale. Une petite rusée avec des lunettes, a-t-il dit. Tout à fait Laura, non ?

Margo eut un sourire hésitant.

– Je ne sais pas. Je n'aurais pas dit…

– Si, ça devait être elle. Ça doit être Laura.

Une petite rusée avec des lunettes. Cette description l'avait d'abord irritée. Désormais elle la trouvait réconfortante.

– J'allais téléphoner à mon bureau pour savoir si Laura m'a rappelée. Vous voulez m'accompagner ?

*
* *

Margo resta près de la porte tandis que Maddy s'asseyait sur le lit pour téléphoner.

– Madame Pritzer ? C'est Mme Golden. Je vais bien, merci. Laura a-t-elle appelé ?

Il y eut un silence, pendant lequel Mme Pritzer prit le temps de réfléchir.

– Oui. Il n'y a pas longtemps.

– Dieu soit loué ! Qu'a-t-elle dit ? Où est-elle ?

– Je n'en sais rien, madame Golden.

– Quoi ?

– C'était un appel en PCV, madame Golden. Je n'ai pas cru pouvoir l'accepter en votre absence.

– Hein ?… Comment avez-vous pu ! Je ne sais pas où est Laura. Vous ne comprenez donc pas ?

– Non, madame Golden. Personne ne m'a mise au courant.

Que répondre à cela ? Mme Pritzer avait raison. Maddy ne lui avait rien dit. Elle avait évidemment expliqué à son supérieur, M. Alexander, pourquoi il lui fallait quitter son travail. Elle avait tout fait, sauf prévenir Mme Pritzer. Elle se demanda confusément pourquoi. Peut-être parce qu'il allait de soi pour elle que cette femme savait tout.

Elle expliqua que si Laura rappelait, Mme Pritzer devait accepter la communication. Oui, M. Alexander serait d'accord. Mme Pritzer raccrocha sèchement, après un au revoir réprobateur soigneusement calculé.

En raccrochant le téléphone, Maddy se rendit compte qu'elle avait finalement oublié de donner le numéro de l'hôtel à Mme Pritzer. Ça n'avait peut-être pas d'importance. Si son bureau essayait de la joindre, ils appelleraient la colonie. C'est là qu'elle passerait la journée.

– Laura n'aurait-elle pu téléphoner à quelqu'un d'autre ? demanda Margo qui en avait assez entendu pour comprendre.

– Quoi ? Non. À personne.

Absolument personne. Parmi les gens qu'elle connaissait, Laura ne pouvait se tourner vers aucun. Maddy ne comprenait pas comment elle avait pu laisser une telle situation se développer.

– Ce que je veux dire, c'est : Y a-t-il quelqu'un chez vous ? Au cas où elle téléphonerait là-bas ?

– Non. Un répondeur automatique.

Les deux femmes s'entre-regardèrent, imaginant l'appartement vide chacune à sa façon, puis Maddy fit le numéro d'un doigt tremblant.

Le répondeur avait enregistré plusieurs messages. Quelqu'un avait appelé du bureau pour une enquête concernant certains contrats. Il y avait un rappel pour une manifestation en faveur des sans-logis, pour le cas où elle aurait oublié ; on avait absolument besoin d'elle. La tête commença à lui tourner quand elle entendit la voix aiguë et artificielle de sa propre mère, à San Diego, lui exposer son horreur de laisser des messages enregistrés. Sa mère s'interrompit et raccrocha, comme si elle se demandait pourquoi elle avait appelé. Puis soudain, la voix de Laura dit :

– Maman ?

– Laura ? répondit involontairement Maddy.

Ce n'était qu'une voix. Laura n'était pas là. Margo avança d'un pas, mais Maddy l'arrêta d'un geste.

– C'est Laura. Je vais bien. Je ne t'ai pas dit l'autre fois, mais je ne suis plus à la colonie. Je suis avec ce garçon. Je l'aime beaucoup, mais ce n'est pas ce que tu crois. Ses parents sont archéologues. Nous ne pouvons plus retourner à la colonie parce qu'ils nous ont fait quelque chose de vraiment abject. Quoi… ?

La voix de Laura changea, car elle ne parlait plus dans l'appareil. Maddy entendit indistinctement une autre voix qu'elle n'avait jamais entendue. Elle était douce et pressante. Elle donnait des conseils à Laura. Elle lui indiquait quoi dire.

– Maman ? (Laura était revenue au téléphone.) Ils ont dit que nous étions les boucs émissaires et ils nous ont pris nos vêtements. Je veux dire tout, même nos sous-vêtements. Ils nous ont laissés sur cette île, et ils allaient revenir en douce pour nous espionner, alors nous sommes partis. Nous les haïssons. Oui, vraiment. Alors, nous ne serons pas à la colonie demain quand tu viendras. Nous te retrouverons au parking. Il va venir à la maison avec moi. Ses parents sont en Turquie, ils ne sont pas là. Alors s'il te plaît, arrange ça avec M. Wells. C'est très important. Il faut qu'on reste ensemble. Je n'ai plus de monnaie, il faut que j'arrête. Je t'aime et je regrette de ne pas avoir pu m'adapter à la colonie, mais ils sont vraiment abjects.

Margo observait Maddy qui ouvrait grand les yeux d'un air interrogateur, ses lèvres dessinant une question qu'elle ne pouvait pas poser.

Maddy refit le code approprié pour que le message repasse, et donna le récepteur à la jeune femme. Quand ce fut terminé, Margo sourit. Si elle avait vu Maddy rassurée, elle aurait même ri.

– Ils ont l'air d'aller bien. Vraiment bien.

Maddy essaya de sourire.

– Enfin. Au moins ce n'est pas ce que nous craignions.

Elle se demanda pourquoi elle n'éprouvait pas ce soulagement qui illuminait le visage de Margo. Il est certain que Laura avait l'air d'aller bien. Le ton de sa voix avait tout remis à sa place, tout ramené à des proportions normales. Pourquoi Maddy était-elle encore si mal à l'aise ?

– Je voudrais seulement savoir où ils sont allés. S'ils ont mangé à leur faim.

– Je crois savoir où ils sont. Du moins à peu près. Ils sont sans doute entrés dans l'un des chalets inoccupés en bordure du lac. Il y en a des douzaines. Ils ont pu y trouver ce qu'il leur fallait.

– Des chalets ? Allons voir !

– J'y suis déjà allée, hier.

– Vous n'avez rien trouvé ?

– Oh si ! J'en ai trouvé au moins huit dont la porte a été forcée. C'est le sport favori des adolescents du coin. Mais impossible de dire s'ils y ont séjourné. Ça dépendait, je suppose, s'ils voulaient qu'on les retrouve ou pas. Écoutez, madame Golden, je ne crois pas qu'il faille vous inquiéter. Ils ont l'air de se débrouiller assez bien. Le mieux est d'aller simplement au rendez-vous au parking demain.

– Oui, oui, je sais. Vous avez sans doute raison.

Elle pensa à ce que cet horrible Wells avait dit – que Laura et le garçon n'étaient peut-être pas fâchés de causer un peu de souci. Cette suggestion lui avait fortement déplu. Maintenant elle espérait que c'était vrai. Cela semblait finalement juste. Ces derniers temps, elle aurait bien voulu que Laura se contente de l'énerver ; la contrariété n'a pas de grandes répercussions. Mais la terreur, c'est autre chose. On découvre exactement combien on aime quelqu'un quand on est terrifié pour lui.

Elle s'appuya contre la tête du lit qui était recouverte de satin capitonné. Elle sentit le contact frais contre sa joue.

– Croyez-vous, demanda-t-elle, croyez-vous que je doive essayer de ramener le garçon en ville avec moi ?

– Je ne sais pas, madame Golden, dit Margo. Je doute que la colonie puisse en abandonner la garde.

– Non, bien sûr.

Maddy savait que Margo avait raison. Il y avait des lois et des procédures dont Laura et le garçon n'avaient pas pu tenir compte.

– De toute façon, ce serait sans doute mieux s'ils étaient séparés, poursuivit Margo. Ils se sentent très proches l'un de l'autre à l'heure actuelle, mais dans une situation extraordinaire. Ils risqueraient d'entrer dans une interdépendance qui serait gênante au niveau de leur resocialisation ultérieure.

Voilà qui semblait sorti d'un manuel de psychologie enfantine que Maddy avait lu autrefois. Pertinent, mais cependant un peu fallacieux. L'intuition de Maddy lui disait que lorsqu'on a trouvé quelqu'un qu'on aime et en qui on a confiance, on tient le bon bout.

Margo se réajustait devant le miroir de l'hôtel avant de partir. L'appel téléphonique semblait lui avoir redonné son assurance.

– Et vraiment, madame Golden, dit-elle, je ne crois pas que vous puissiez prendre la responsabilité des deux. Vous avez votre travail, et, en outre, nous ne savons pas ce qu'ils ont fait. Ils auront besoin d'être surveillés.

Maddy ne répondit pas. Elle pensait à la voix du garçon, certainement séduisante et même convaincante, puisque Laura l'avait écouté. Il se pourrait que ce ne soit pas aussi facile de les séparer que Margo l'imaginait.

Le motel de l'Étoile

De leur cachette sous les arbres, ils voyaient un homme charger des valises dans sa voiture. Il n'arrêtait pas de soulever le bas de son pantalon bleu foncé pour regarder ses chaussures. Ça le fâchait de les salir.

– C'est vraiment ridicule, tu sais, dit le garçon. Nous n'allons jamais y arriver.

– Tais-toi. Pas question de dormir dans les bois à moins d'y être forcés. D'ailleurs, tu es malade.

C'était vrai. Ce n'était qu'un rhume, mais ça s'aggravait. Il n'aurait pas dû passer la nuit précédente dehors. Il s'essuya subrepticement le nez avec sa manche. C'était dégoûtant de faire ça, mais il ne pouvait pas rester la morve au nez. Il projeta de dépenser un peu de l'argent prêté par Tiwanda pour acheter des mouchoirs en papier.

Quand l'homme eut fini de charger sa voiture, il retourna dans la chambre pour éteindre la lumière. Il réapparut avec une serviette et s'appuya contre le montant de la porte pour nettoyer ses chaussures. Il mit la serviette en bouchon et la jeta dans la pièce avant de refermer la porte. Il était drôlement bien habillé pour faire des choses comme ça. Il monta dans sa voiture et partit.

– Là, tu vois ? dit la fille. Il ne s'est pas arrêté au bureau. C'est un de ces endroits où on paie en arrivant. On laisse sa clé dans la chambre en partant.

Le garçon releva la tête, pensif.

– Ils ferment toujours la porte, dit-il. Ils laissent la clé à l'intérieur, mais ils ferment toujours la porte.

– Oui. Bon. On essaie la prochaine ?

Le garçon eut un petit frisson.

– D'accord, dit-il.

Il voulut se relever, la fille l'en empêcha.

– Attends là. Je vais le faire avec mon air innocent.

Il regarda la fille sortir du sous-bois. Et lui, n'avait-il plus l'air innocent ? Il croyait bien que si, pourtant. Mais elle était moins sale que lui. Il soupira et s'installa dans les feuillages verts et ombreux. Il se sentait très bien. Pas pressé. Pas du tout pressé.

Un tout petit oiseau vert voleta près de sa tête, sans peur. Sans doute parce que le garçon était très silencieux. Ou peut-être avait-il perdu son odeur humaine ? Idée intéressante ! Il pensa que s'il restait assis là un assez long moment, il réussirait peut-être à faire partie intégrante des bois. Ça ne lui déplairait pas. Il aimerait rester simplement ainsi longtemps à observer les oiseaux, les feuilles, et même les abords du motel. Tout était très captivant.

Une femme boulotte apparut, poussant un chariot de linge le long de la galerie qui donnait accès au premier étage du motel. Elle était âgée, et ses cheveux peu fournis avaient des reflets roses. Elle portait une robe trop courte et des tennis jaunes. Attention à celle-là, pensa-t-il ; puis il l'oublia rapidement.

Une autre porte du rez-de-chaussée s'ouvrit, et une femme sortit, accompagnée d'une petite fille. Elles se dirigèrent vers le passage qui menait devant le complexe. La petite fille portait une poupée Pitchou et sa mère lui souriait.

À l'entrée du passage se trouvait un distributeur de boissons et de glaçons. Elles s'y arrêtèrent, et la mère prit la poupée pendant que la fillette, perchée sur la pointe des pieds, introduisait des pièces dans la fente. La mère tenait la poupée par une jambe, mais sur un coup d'œil de la fillette elle la prit dans ses bras.

Un homme sortit de leur chambre avec une poussette. Il alla ouvrir le coffre d'une familiale et y mit la poussette.

La femme et la fillette revenaient vers la voiture. La fillette tenait une canette de soda rouge vif. Elle la montra à son père qui fit une grimace signifiant qu'il n'avait jamais rien vu d'aussi beau.

Ils ne regardaient pas vers les bois, sinon ils l'auraient vu ; mais Howie savait qu'ils ne risquaient pas de le faire. Ils s'en moquaient. Il pouvait bien y avoir toutes sortes de choses qui les observaient depuis les bois, mais ils n'en savaient rien parce qu'ils s'en moquaient.

Laura déboucha à l'angle du bâtiment. Elle avait enfilé son pull rose, et un sac poubelle en plastique se balançait au bout de son bras. Il se demanda où elle l'avait trouvé et ce qu'elle allait faire. Elle alla directement vers l'homme qui mettait alors deux valises dans la voiture. Howie renifla et renversa la tête en arrière, ses yeux presque clos.

* * *

– Monsieur Carlson ?

L'homme referma le coffre de la familiale et la regarda d'un air de ne pas comprendre.

– Hendricks, dit-il.

– Oh ! excusez-moi, je fais erreur. Vous partez ? J'espère que vous avez fait un agréable séjour.

Laura se tenait sur le seuil de la chambre, arborant un sourire radieux à l'adresse de l'homme et de la femme qui étaient en train d'installer la fillette dans un siège d'enfant à l'arrière.

– Oh, oui ! Certainement, dit l'homme. Merci.

Laura entra dans la chambre. Ça sentait la fumée de cigarette et le plâtre humide. Elle se rendit compte que l'homme était revenu et se tenait derrière elle, à la porte. Elle vida la corbeille à papiers dans son sac en plastique, puis le regarda.

– Je vérifie que nous n'avons rien oublié, dit-il d'un air de s'excuser.

– Je vous en prie. Faites bon voyage.

– Oui. Merci encore.

Quand il fut parti, elle chercha la clé. Elle ne la vit pas. Possible, pensa-t-elle, qu'il l'ait laissée au bureau, mais elle ne voyait pas quand il aurait pu le faire. Elle retourna dehors. L'homme venait de mettre la voiture en marche. Il baissa la vitre quand elle s'approcha. Il eut l'air un peu agacé.

– Excusez-moi, monsieur Hendricks. N'oubliez-vous pas de laisser votre clé ?

– Clifford ! dit l'épouse.

Elle se pencha en avant, si bien que la fille put la voir faire les gros yeux à son mari. Laura essaya de sourire. Elle n'aimait pas rester ainsi dans le passage. Elle avait repéré la femme de ménage et se demandait où elle était en ce moment.

L'homme fouillait dans ses poches, gêné par sa ceinture de sécurité. Cela dura une éternité. Finalement il tendit en rougissant une clé avec une grosse plaque en plastique.

– Excuse-moi, dit-il avec un clin d'œil. Je parie que tu venais exprès t'assurer que je ne l'oubliais pas.

– Exact, monsieur Hendricks, dit Laura en lui rendant son clin d'œil.

Elle était fière de cela. Jamais elle n'avait fait de clin d'œil avant !

– Bonne journée !

Du bois où il restait caché, Howie la vit faire un signe d'adieu puis rentrer dans la chambre. Avant de refermer la porte, elle regarda dans sa direction. Il ne pouvait pas dire si elle l'avait vu. Il attendit que la voiture ait quitté le parking pour sortir du bois.

Elle ouvrit la porte dès qu'il eut frappé.

– Entre vite. (Elle lui saisit la main et le tira à

l'intérieur de la chambre.) J'ai peur que la femme de ménage nous voie.

Elle avait les yeux brillants.

– Allez, prenons des couvertures et sauvons-nous en courant ! dit-il.

C'était le projet initial, qu'il n'abandonnait pas d'ailleurs. Il n'aimait pas cette chambre de motel, où traînaient des odeurs étrangères et où on se sentait à l'étroit.

– Non, je veux faire un essai. Tiens.

Elle lui mit une pancarte de plastique NE PAS DÉRANGER dans les mains.

– Accroche-la dehors à la porte. Il faut que je réfléchisse.

Elle examinait le téléphone quand il referma la porte. Sa langue pointait entre les dents, lui donnant l'air très sérieux.

– Tu n'es pas obligée de le faire, tu sais. Filons plutôt, répéta-t-il.

Elle fit des mines en rebondissant sur les talons.

– Je sais bien, ça ne marchera sans doute pas, mais je veux essayer. Ne me regarde pas. Éloigne-toi.

Il se retourna. Le couple avait laissé la chambre en désordre. Était-ce l'usage général ? Les deux lits étaient complètement sens dessus dessous, et une serviette mouillée traînait sur une des chaises.

Il alla dans la salle de bains, où régnait encore un air chaud et humide, et se moucha dans du papier qu'il jeta dans les toilettes. Le miroir au-dessus du lavabo était couvert de buée. Il l'essuya pour se voir. Ses cheveux en broussaille bouclaient derrière ses oreilles. Une petite feuille verte collante s'y était prise. Cela lui plut et il la laissa. Il aurait aimé ne pas porter de lunettes. Il les enleva et sourit à son reflet flou. Peut-être que s'il restait longtemps dans les bois sa vue s'améliorerait. Son ophtalmologiste lui avait dit qu'elle faiblirait jusqu'à l'âge de vingt ans environ, mais cela ne tenait pas compte de la vie dans les bois.

Quand il entendit la fille décrocher le téléphone, il appuya la tête contre le chambranle de la porte et écouta.

– Ici Mme Hendricks, chambre 47, dit-elle avec autorité. Nous aimerions rester une autre nuit. Est-ce possible ? Oui. Notre voiture est en panne. Mon mari doit la laisser au garage.

Le garçon se sentit pris de frousse. Elle parlait de sa voix normale, sans essayer de la rendre plus grave ou autre. Ça ne marchera jamais, pensa-t-il. Il alla vers l'un des lits et en tira une des couvertures. Ils allaient sûrement être obligés de se sauver en courant.

– Oui, disait-elle. Parfait. Au revoir. Merci beaucoup.

Il allait se retourner, mais elle était déjà sur lui et le renversait sur le lit.

– Hé ! qu'est-ce que tu fais ?

Elle lui saisit les poignets en lui immobilisant les bras.

– Je vais te battre à plate couture, dit-elle entre ses dents.

Il essaya de la repousser, mais elle était trop forte et trop lourde. Il fut surpris de sa force.

– Arrête. Tu vas me faire tousser. Qu'ont-ils dit, finalement ?

Il pouvait à peine parler tellement elle l'écrasait.

– Il suffira de vous arrêter au bureau avant de partir.

De surprise, il arrêta de se débattre.

– Vraiment ? C'est vraiment ce qu'ils ont dit ?

– Vraiment. Je suis douée, hein ?

– Oui.

– Dis-le.

Son visage était près du sien. Il sentait son haleine. Ça ne sentait pas les fleurs ni rien de familier. C'était une nouvelle odeur, à la fois agréable et inquiétante. Il décida qu'il aimait ça. Il était surpris aussi par la chaleur de ce corps sur le sien. Quand on ne touche pas les gens, on oublie qu'ils sont chauds.

– Tu es douée.

Ils se regardèrent un instant, puis elle le lâcha.

– Nous ferions mieux de sortir d'ici avant que la femme de ménage arrive, dit-elle.

Elle avait raison, mais ni l'un ni l'autre n'avait envie de bouger.

– Où as-tu trouvé le sac en plastique ? demanda-t-il au bout d'un instant, les yeux au plafond.

– Dans une poubelle. J'ai pensé que j'aurais l'air d'une femme de ménage.

Il pensa à la vieille femme aux cheveux roses et sourit.

– Je me demande si elle va changer les draps, dit-il. Je veux dire la vraie femme de ménage.

Il regretta d'avoir dit cela, car la fille se redressa brusquement, fronçant le nez avec dégoût en regardant la literie.

– Oh là là ! j'espère. Ne doit-elle pas le faire, même quand on reste plusieurs jours ?

– Je ne sais pas. Sinon, nous pourrons toujours dormir dans le lit de leur fille. Ce ne sera pas aussi désagréable.

– Comment savoir lequel c'est ?

– En les sentant, on doit trouver.

– Mon Dieu ! ce que tu es grossier ! Viens ! Sortons d'ici. Si nous restons, elle n'aura même pas l'occasion de changer les draps.

Avant de sortir, le garçon jeta un regard dans la pièce sombre derrière lui.

– Tu as pris ton sac ? demanda-t-il.

La fille lui montra le sac contenant sa culotte et la brosse à dents, et dont le papier commençait à s'abîmer, à cause de ces transports continuels.

– Allons-y, dit-elle. Qu'y a-t-il ?

– Je ne sais pas. J'ai l'impression qu'on oublie quelque chose.

– Qu'est-ce qu'on oublierait ? Nous n'avons rien.

C'était vrai. Il ne restait rien dans la chambre qui risquât de les trahir. Et cependant il avait le sentiment très net d'avoir négligé un détail. Ce doit être nerveux, pensa-t-il.

Ils fermèrent la porte derrière eux et longèrent hardiment la rangée de chambres vides pour emprunter le passage qui menait à la grand-route.

*
* *

Barnesville était petite et sans animation, avec une rue principale exagérément large eu égard au peu de trafic et des trottoirs défoncés et couverts de gravillons et de poussière. On aurait dit que personne n'y marchait jamais. La plupart des vieilles façades de brique semblaient mortes. Ils s'arrêtèrent devant un studio de photographe ouvert, dont la devanture de granite annonçait : PREMIÈRE BANQUE NATIONALE.

Derrière la vitrine sale étaient exposées des photographies aux couleurs criardes de mariés et d'étudiants à casquette. Les filles avaient des visages rubiconds et les garçons trop de cheveux. Au centre trônait la grande photo d'un jeune homme en uniforme de Marines, qui souriait de ses petits yeux malicieux. Sous la photo, un écriteau bordé de noir disait : POUR DIEU ET LA PATRIE, d'où Howie conclut que ce jeune marine était mort.

Au bout de la rue principale se trouvait un centre commercial. Des voitures et des camionnettes étaient garées devant le supermarché, d'autres devant un magasin de pneus Firestone. Soudain la fille passa devant le garçon en le bousculant presque.

– Attends-moi là, dit-elle. Il faut que j'achète quelque chose.

– Quoi ?

– Un peigne et des trucs.

Il ne comprenait pas de quoi elle parlait.

– Mais nous n'avons plus que quatre dollars !

C'était ce qu'il restait des cinq prêtés par Tiwanda, après le coup de téléphone pour laisser un message à la mère de Laura.

– Nous en avons besoin pour acheter à manger.

La fille pivota sur elle-même et regarda droit devant elle.

– Mon achat est plus important, dit-elle.

– Je ne comprends pas de quoi tu parles.

– Écoute, donne-moi l'argent. Je ne suis pas obligée de tout te dire.

Elle fronçait les sourcils et essayait de prendre un ton fâché, mais elle n'y parvenait pas.

– C'est des trucs de filles, dit-elle en rougissant sous son hâle.

Il crut comprendre. Mais pas parfaitement. Ça devait avoir un rapport avec cette histoire dont Mlle Crandell avait parlé en cours de sciences. Il n'avait pas fait très attention, tant cela lui avait paru invraisemblable et mystérieux, et étranger aux filles qu'il connaissait.

– Ah, bon ! dit-il en donnant l'argent.

Pendant qu'elle était dans le magasin, il s'assit sur un cheval mécanique à bascule près de l'entrée et se demanda si les femmes des Indiens avaient eu les mêmes embêtements avant la civilisation et tout. C'étaient des femmes aussi, elles devaient donc avoir ce même problème.

Mais quand on vit dans les bois, pas moyen de se précipiter au supermarché du coin. Voilà une question intéressante, dont il aimerait bien discuter avec la fille, mais elle n'en aurait sûrement pas envie dans l'immédiat. Quand elle ressortit du magasin, avec son achat dans un sac en papier, elle ne lui proposa pas de le lui montrer.

– J'ai acheté des bananes aussi, dit-elle.

– Tant mieux ! Je commence à avoir faim. Et toi ?

Elle acquiesça.

– Je meurs de faim. Mais il y a une station-service là-bas, il faut que j'y aille tout de suite.

Cette fois, il ne posa pas de questions.

Pendant que la fille était aux toilettes, il examina une carte routière épinglée au-dessus de la caisse. Un mécanicien qui travaillait sous une voiture montée sur le pont sortit la tête pour l'observer, mais le garçon fit semblant de ne pas le remarquer. Au bout d'un moment le mécanicien laissa ses outils et arriva dans le bureau.

– Tu veux quelque chose ? demanda-t-il.

– Je voulais juste voir où se trouve Ahlburg.

– Ici, dit l'homme. Il montra un point sur la carte avec son doigt noir de cambouis, mais c'était difficile pour le garçon de se concentrer sous le regard de l'homme.

– Est-ce que c'est loin ?

– Douze kilomètres environ. Route 41. C'est celle-là, ici. Tu vois ?

Comme l'homme attendait qu'il s'en aille, il sortit pour attendre dans la rue. Il regarda dans la direction où devait se trouver Ahlburg. Douze kilomètres, ce n'était pas si loin ! S'ils se levaient de bonne heure, ils pourraient les faire à pied et être au parking avant midi. À cette heure-ci, le lendemain, ils seraient dans la voiture de la mère de la fille en route vers la ville. Ça semblait si simple que ça le mit mal à l'aise.

Ils mangèrent leurs bananes dans un jardin public derrière le supermarché. Ce jardin était petit et plein de poussière, avec un gros peuplier au centre et une balançoire bancale dans un coin. Ils s'assirent à une table rustique et regardèrent trois petits garçons faire la course sur des VTT. Il y avait un tas de terre au milieu de la piste, et quand les garçons passaient dessus, ils faisaient un bond en l'air, comme s'ils avaient voulu s'envoler, fuir Barnesville.

Les bananes étaient vertes, mais ils les mâchèrent lentement pour les faire durer. Quand ils eurent fini, comme il était encore bien trop tôt pour rentrer au motel, le garçon sortit le petit carnet brun qu'il avait trouvé dans la poche de son pantalon, et ils firent la liste des choses qu'il leur faudrait rembourser.

Laura se souvenait par cœur de l'adresse de Tiwanda, mais le garçon préféra la noter pour être plus sûr. Les cinq dollars étaient un prêt qu'il faudrait rendre. Ils ne savaient pas trop quoi faire pour les affaires que les enfants de la colonie leur avaient données. Il y avait des sous-vêtements pour chacun d'eux, le chemisier rouge de Lydia, qui coûtait sans doute cher, et la brosse à dents. Ils finirent par convenir que ce serait manquer de tact que d'essayer de leur rembourser ces choses-là. À la place, ils leur feraient plutôt un beau cadeau. Peut-être même une radio portative à emmener en colonie. Ce serait bien s'ils pouvaient faire ça.

Puis ils firent la liste de ce qu'ils avaient emprunté sans demander. La quantité en était surprenante. Il y avait d'abord les boîtes de soupe et de fruits au sirop dans le chalet. Et les vêtements : deux tee-shirts, un polo et un pantalon. Il faudrait aussi payer les dégâts du volet de la fenêtre. Par contre, ils ne pensaient pas devoir rembourser les gâteaux et la bière, qui se seraient perdus s'ils ne les avaient pas consommés. Cependant, bien sûr, pas de problème si on leur demandait de les payer.

Quand ils en arrivèrent aux vêtements qu'ils avaient volés à la baignade, une inquiétude les prit. Le garçon blond et son amie n'en voudraient sans doute plus, même une fois lavés. Ce serait d'ailleurs embarrassant d'avoir à les rencontrer. Ils décidèrent qu'ils enverraient seulement un mandat s'ils pouvaient savoir leurs noms. Peut-être que le serveur de la boutique pourrait les leur donner.

Il semblait peu probable qu'ils retrouvent les propriétaires du pick-up où Laura avait pris de la monnaie, mais ils le notèrent quand même, parce que ça paraissait normal.

– Pick-up : $1,40.

La chambre du motel allait être chère. Le garçon pensait que ça devait coûter plus de cinquante dollars. La fille prit un air atterré.

– Oh là là ! dit-elle. Maman va être dans tous ses états !

– Ça ira, mon père paiera. Quand je lui dirai ce qui s'est passé, je veux dire.

– Vraiment ? Tes parents ne seront pas furieux que nous ne soyons pas rentrés à la colonie ?

Le garçon réfléchit. Non, ils ne seraient pas furieux. Mais son père serait désemparé. Ce serait comme lorsqu'il avait échoué en algèbre. Il se rappela le regard de son père, debout sur le seuil de la cuisine, quand il prétendit savoir ce qu'il faisait en ce qui concernait son travail scolaire. Son père avait paru si bouleversé et si impuissant ! Il en avait eu honte.

Cela gênerait le travail de son père. C'était l'inconvénient. Tout le monde serait malheureux, et sa mère soupirerait en regardant ses mains de cette drôle de façon qu'elle avait et qui signifiait que Howie les décevait encore.

– Non, dit-il. Ils regretteront, c'est tout. Je les déçois toujours.

La fille était perplexe. Elle pensa à sa propre mère qui pleurait beaucoup et disait parfois des choses qu'elle ne pensait pas vraiment. Elle supposait que sa mère aussi regretterait ce qui s'était passé. Mais elle ne croyait pas qu'il voulait dire cela.

– Pourquoi ? demanda-t-elle.

– Je ne sais pas. Ils sont un peu âgés. Je crois que ma naissance leur a fichu un coup. J'étais peut-être un accident.

Il ne l'avait jamais dit à personne, mais il le croyait, y voyant l'explication globale de ce qu'il ne semblait jamais s'accorder au mode de vie ni à l'humeur de ses parents. Ceux-ci l'aimaient et voulaient qu'il soit heureux, oui ; mais ils ne savaient pas quoi faire de lui. Il les gênait toujours, et cette impression constante d'être pour eux un poids l'avait rendu circonspect dans ses rapports avec eux.

La fille se pencha pour le regarder bien en face.

– Ça te rend triste ?

Question embarrassante. Il eut envie de rire mais un frisson le retint. Il ne savait pas quoi répondre.

– Je ne sais pas. Qu'en penses-tu ?

Elle repliait soigneusement sa peau de banane.

– Eh bien, dit-elle, je crois surtout que nous avons de la chance. Tu aurais pu ne pas naître, mais tu es là. C'est une chance, non ?

Il regarda ses yeux noirs et sa belle bouche aux coins relevés.

– Oui, dit-il. C'est une chance.

Le restaurant

Quand ils rentrèrent au motel, ils retrouvèrent les lits faits avec des draps propres et de nouvelles serviettes blanches posées au porte-serviettes chromé près de la douche. Il y avait même une bande protectrice sur le siège des toilettes attestant qu'il avait été nettoyé et désinfecté.

La fille déclara qu'ils devaient prendre une douche. Il n'en avait pas très envie mais elle insista. Ni l'un ni l'autre ne s'était lavé les cheveux ni les pieds depuis l'île.

Le garçon passa le premier. Quand il eut terminé,

il se sentit la tête vide et la gorge sèche. Il but deux verres d'eau et se coucha tout habillé dans l'un des lits.

– Hé ! dit la fille qui étudiait la feuille plastifiée posée sur la télévision. Ils ont des films pour adultes. Tu veux voir un film pour adultes ?

– Qu'est-ce que c'est que ça ?

– « Chastes tourtereaux ». Un jeu de mots, à mon avis.

– Vulgaire ?

– Probable. De toute façon, il faut payer un supplément au bureau pour le mettre, dit-elle après avoir lu la feuille jusqu'au bout. C'est exclu. Il y a aussi un film avec le chien Benjy. Tu veux le voir ? Il n'y a rien à payer.

Il acquiesça et elle mit la télévision en marche. Puis elle entra dans la salle de bains pour prendre sa douche.

Il s'allongea, ferma les yeux, se contentant d'écouter. C'était drôle : avant il avait chaud, et à présent, sous les couvertures, il avait froid. Il pensa à cette chasse aux tourtereaux. Il ne voyait pas où était le jeu de mots.

Quand la fille eut pris sa douche, il la regarda se peigner devant la coiffeuse. Sous sa chemise rouge, ses omoplates saillaient quand elle levait les bras.

La lumière déclinante du soleil à travers les rideaux créait dans la chambre une atmosphère de terrier, de cachette. Elle avait eu raison, il valait mieux être là que de traîner dans les bois. Mais le léger malaise qu'il avait ressenti plus tôt ne le quittait pas : il y avait quelque chose qu'ils avaient négligé. Quoi ? Son rhume rendait la réflexion trop difficile.

Quand elle fut coiffée, la fille s'enveloppa les cheveux dans une serviette remontée sur le haut de la tête. Il n'avait jamais vu quelqu'un accomplir ce geste. Cela lui plut de voir sa manière de faire, désinvolte et adroite. Il se demanda s'il saurait tout sur elle un jour. Quand elle se brossa les dents, elle cracha dans la cuvette des toilettes et non pas dans le lavabo. C'était intéressant.

– Que se passe-t-il ? demanda la fille.

– Quoi ?

– À la télévision ?

– Je ne sais pas. Je te regardais.

– Voyeur, dit-elle en lui souriant dans la glace.

Elle vint près du lit et le regarda.

– Pourquoi tu trembles ? Tu as froid ?

– Oui. Je n'arrive pas à me réchauffer.

– Veux-tu que je me mette dans le lit avec toi ?

– Oui, je veux bien.

Elle ôta ses chaussures et se glissa sous les couvertures. Elle entassa les oreillers pour être bien assise et le maintenir contre elle pendant qu'ils regardaient le film. Au bout de quelque temps il cessa de trembler.

Pour une raison inconnue, le film était difficile à comprendre. Peut-être parce qu'ils avaient manqué le début, ou parce qu'il y avait des coupures. Tout semblait très bizarre. Une blonde et un type en vêtements synthétiques impeccables étaient poursuivis par un homme aux cheveux noirs et luisants. Ou peut-être n'étaient-ils pas poursuivis. Ils ne se salissaient jamais. Ils n'étaient jamais ni essoufflés ni affamés. Quelque chose les tenait en haleine mais ils n'avaient jamais peur.

Benjy était poursuivi aussi par un gros doberman. De temps à autre il faisait quelque chose de gentil. Le film s'arrêtait une minute pour que tout le monde voie bien à quel point il était gentil.

– Je n'y comprends rien, dit la fille au bout de quelques instants. Et toi ?

Le garçon hocha la tête.

– Non, mais c'est drôle parce que je crois que j'ai déjà vu ce film.

– Oui, moi aussi. Je ne savais pas qu'il était si ennuyeux. Et toi ?

– Moi non plus. Je le trouvais très bien, mais j'étais encore petit.

La fille se leva et éteignit la télévision.

– Parle-moi encore de la Grèce, dit-elle en se laissant retomber sur le lit. Pas de la grotte. Quelque chose de plus agréable.

– C'est bien, la grotte.

– Je ne dis pas que c'est désagréable, mais c'est trop bizarre. Parle-moi de quelque chose qui ne soit pas aussi bizarre.

Le garçon réfléchit.

– Eh bien ! Une fois, mon père et moi sommes allés à pied de Delphes à la mer. Je crois que ç'a été la meilleure journée de ma vie.

– Jusqu'à maintenant, dit la fille avec une telle vivacité qu'ils furent surpris tous les deux.

Elle rougit mais il acquiesça.

– Jusqu'à maintenant.

– Qu'y a-t-il eu de si particulier ? demanda-t-elle, essayant de ne pas avoir l'air trop intéressée.

– Je ne sais pas. D'abord, j'étais avec mon père, d'habitude si occupé que nous faisions rarement quelque chose ensemble. La plupart du temps, je restais à l'hôtel et je lisais des bandes dessinées. Mais nous avons fait cette promenade pour une raison que j'ai oubliée. Nous n'avons pas pris la route. Nous avons descendu la montagne et traversé cette immense oliveraie. C'était un bois sacré. Autrefois, il ne fallait pas tuer quoi que ce soit en ces lieux, cela offensait le dieu.

– Le dieu de la grotte ?

– Je ne sais pas. Peut-être. Tu veux que je te dise quelque chose d'idiot ?

– Quoi ?

– Pendant que nous marchions dans ce bois, j'ai eu cette étrange impression qu'il était encore là. C'est idiot, n'est-ce pas ?

– Oui. C'est bizarre. N'as-tu rien fait là-bas qui n'était pas bizarre ?

– Non, écoute. Ce n'était pas bizarre. J'étais très heureux. Tout était si clair. Te rappelles-tu la première fois où tu as porté des lunettes ? Quand tu les as mises et que tu as pu voir ?

– Oui, je me rappelle. Je lisais toutes les enseignes pendant le trajet en bus de chez l'opticien à chez moi. Je les lisais tout haut. Maman pensait que j'étais folle. Je devais croire que les autres ne pouvaient pas les lire.

– Eh bien, moi, c'est pareil ! Sauf que ce n'était pas des enseignes, c'était tout que je regardais ; un arbre, et je me disais : « Oh là là ! c'est comme ça un arbre ! » Et puis je regardais une feuille…

– Et tu te disais : « Oh là là ! Mais c'est une feuille ! »

Elle se mit à rire.

– C'est pourtant vrai, insista-t-il en riant aussi. Je pouvais tout sentir aussi. La mer, l'herbe sèche. Même le soleil.

– Allez. Qu'est-ce que ça sent, le soleil ?

– Ça sent le feu. Comme un feu de bois quand il n'y a pas de flammes.

– Non. Tu sais, quand tu t'es baigné et que tu t'allonges tout mouillé sur le ponton, et que tu colles ton nez contre le bois ? C'est ça qu'il sent, le soleil.

– Oui, c'est cela aussi. (Il sourit en regardant le plafond, d'un air assoupi et heureux.) Nous avons suivi une rivière quelque temps. Elle était à sec. Rien que des pierres blanches. Ça faisait mal aux yeux de les regarder. Une rivière d'os. J'avais envie de rester là-bas.

Laura lui prit la main et l'examina en dépliant les doigts un par un.

– Crois-tu que nous pourrons y aller un jour ? Je veux dire ensemble ? demanda-t-elle.

Pour voir, elle lui toucha le creux de la main avec le bout de la langue.

– Eh ! Ça fait tout drôle.

– Eh, toi-même ! Crois-tu que nous le pourrons un jour ?

Elle mit la paume de sa main contre la sienne. Ses doigts à elle étaient plus longs.

– Bien sûr. C'est possible si nous le voulons. Enfin, nous devrons sans doute attendre d'être un peu plus grands.

– Évidemment, je sais. Mais nous le pourrons si nous le voulons. Si nous n'avons pas tous déjà sauté ou je ne sais quoi.

Elle s'allongea soudain, si bien que son turban se défit. Elle ne parut pas le remarquer.

– Tu sais ? dit-elle.

– Quoi ?

– J'aurais dû te le demander avant, mais je ne l'ai pas fait.

– Quoi ? Dis-moi.

Elle prit une profonde inspiration qu'elle retint quelques secondes.

– Je ne sais pas ton nom, dit-elle d'un seul coup. (Elle se cacha le visage dans les mains en regardant entre ses doigts.) C'est plutôt bête, non ?

– Non, pas du tout. Mais c'est un nom plutôt bête. C'est Howard. Howie. Le tien c'est Laura, c'est ça ? Je ne m'en rappelais pas au début puis il m'est revenu.

– Oui. Laura Golden. Mais tu veux savoir autre chose ? Ce n'est pas mon vrai nom. Le savais-tu ?

– Non. Quel est-il ?

– Tu me promets de ne pas le dire ?

– Promis.

– Eh bien ! c'est Shadow. N'est-ce pas un nom bizarre ? C'est sur mon acte de naissance et tout.

Il croisa les mains sur son estomac d'un air pensif.

– Shadow Golden. (Il prononça ces mots avec beaucoup d'attention.) Je trouve que c'est plutôt bien.

– Oui. Mes parents pensaient qu'ils allaient avoir un garçon, et ils voulaient l'appeler Sun. Tu sais S.U.N. C'était censé être drôlement subtil, mais manque de chance, c'est moi qui suis venue à la place. Ils étaient hippies. Mon père l'est toujours, mais nous ne le voyons plus. Il s'est beaucoup drogué et sa tête ne va plus très bien. Tu sais ? (Elle se redressa sur un coude pour pouvoir le regarder. Elle commençait à s'animer.) Je suis presque née dans une tente indienne. Ils devaient faire une grande fête avec naissance dans la nature et tout. Mais il y a eu des complications, si bien que je suis née à l'hôpital. Mon Dieu, ma mère mourrait si elle savait que je te raconte tout ça ! Maman, une hippie ! Peux-tu le croire ?

– Oui. Elle est sans doute très bien.

– Bien sûr. Elle a changé mon nom quand je suis allée à l'école. Elle craignait – tu sais – que j'aie des problèmes.

– C'est toujours ton nom. Une sorte de nom spécial.

Elle se tourna vers lui brusquement, si bien que le bout de ses cheveux mouillés lui caressa les joues.

– As-tu des secrets ? demanda-t-elle.

– Je ne sais pas. Je ne crois pas.

Il essaya de réfléchir. Quelquefois il avait l'impression de n'avoir que des secrets, mais il ne pensait pas qu'il y ait quoi que ce soit qu'il ne voudrait pas lui dire. Si, il y avait une chose. Il ne lui avait pas parlé de son idée de vivre tous les deux seuls dans les bois. Maintenant il avait envie de le lui dire, mais il avait peur aussi : non pas qu'elle se moque de lui, ce n'était pas ça. Il craignait que ça perde un peu de sa magie et que ça paraisse seulement bizarre.

– Il y a une chose. Mais je ne peux pas encore te le dire.

– Tu ne peux pas ?

Elle était déçue.

– Non. C'est parce que c'est à propos de toi et moi. Il faut attendre un moment qui s'y prête.

– Bon. Tu me le diras un jour ?

– Bien sûr. Je te le promets.

Le moment viendrait. Peut-être que ce serait le lendemain après-midi chez sa mère en ville, mais ce n'était pas cela qu'il imaginait. Il se voyait pénétrer avec elle dans les bois. Le soleil brillait et les oiseaux chantaient. La route était ancienne et envahie d'herbe et d'arbustes : elle disparaîtrait bientôt complètement. Ça n'avait pas d'importance. Ils ne repasseraient jamais par là.

*
* *

Quand ils se réveillèrent, ils mouraient de faim. Laura se leva et regarda entre les épais rideaux.

– Eh ! dit-elle. Il ne fait pas encore nuit. Qu'allons-nous faire ?

– Je ne sais pas. Combien nous reste-t-il ?

Elle fouilla dans les poches de son jean.

– Trente-huit cents, dit-elle en lui montrant l'argent dans le creux de sa main.

– Nous pouvons acheter une barre de chocolat. Nous n'allons pas réellement mourir de faim, de toute façon. Il n'y a plus qu'à attendre demain.

– Si seulement j'avais gardé cette peau de banane, dit-elle d'un air désolé en s'asseyant sur le lit.

– Pourquoi ? On ne peut pas manger des peaux de bananes !

– Je suppose que non, mais j'ai tellement faim !

Elle, déjà maigre, qui était obligée de jeûner ! Il ne fallait pas se résigner.

– Viens, dit-il en se levant et en cherchant ses chaussures. Nous achèterons une barre de chocolat et nous irons chercher de la monnaie dans les voitures.

– Tu crois qu'on doit recommencer ça ?

– Oui, mais cette fois nous pourrions noter les numéros des voitures. Ainsi nous saurons qui rembourser.

Quand il eut lacé ses chaussures, il se leva et vit la raie que Laura avait tracée bien droite dans ses cheveux.

– Tu ne regrettes pas de ne pas retourner à la colonie ? demanda-t-il.

L'idée seule le mettait mal à l'aise.

Elle leva les yeux vers lui et sourit.

– Tu plaisantes ? Plutôt mourir de faim !

Avant de sortir, elle l'obligea à se coiffer et lui donna du papier hygiénique à mettre dans sa poche au cas où il devrait se moucher. Elle l'avait vu s'essuyer le nez sur sa manche, mais elle n'avait rien dit. Qu'aurait-elle pu dire ?

Dehors, il faisait sombre. Il y avait une tache dorée dans le ciel là où le soleil se couchait, et l'air se rafraîchissait. Le garçon regarda vers les bois obscurs, mais il ne vit rien. Pourtant, pensa-t-il, il y a peut-être quelque chose qui nous épie. Peut-être sans mauvaises intentions, mais qui nous observe quand même.

Il y avait maintenant des voitures garées devant la plupart des chambres du motel. En passant, ils voyaient les ombres chinoises des gens qui se déplaçaient derrière les rideaux tirés. À la télévision, une voix feutrée et confiante annonçait des jours ensoleillés.

Ils ne remarquèrent pas la vieille femme aux cheveux roses qui poussait un balai le long de la galerie. Elle se pencha par-dessus la balustrade pour les regarder passer.

Les lampes s'allumèrent alors qu'ils traversaient le parking poussiéreux en direction du restaurant du motel. Ils pensaient y acheter une barre de chocolat avant de faire la rue principale. Ils avaient peur de chercher de l'argent dans les voitures du motel.

Le restaurant était presque plein. Tandis qu'ils attendaient au comptoir qu'une vieille femme règle son addition, Howie observa un homme en train de manger un steak. L'homme l'avait coupé en petits morceaux qu'il mettait rapidement dans sa bouche. Il n'arrêtait pas de mastiquer. Howie détourna les yeux.

En Turquie, lui et ses parents mangeaient quelquefois dans un café qui avait installé des tables sur le trottoir. Une lanterne à gaz sifflait au-dessus d'un grand barbecue. Dans la lumière blanche, des petits garçons et des petites filles aux visages sombres et sérieux passaient entre les tables pour offrir une de leurs roses ou une giclée de parfum de leurs flacons aux couleurs vives.

Il se demanda si leur air sérieux provenait de ce qu'ils avaient faim.

Son père les avait toujours éloignés d'un geste. Il avait expliqué que si on leur achetait quelque chose on était un gogo.

Quand lui et Laura iraient en Turquie, ils auraient de l'argent, et ils achèteraient. Leurs cheveux seraient trempés de parfum, et ils mangeraient à une table couverte de roses.

La vieille femme n'en finissait pas de payer. Elle avait accroché sa canne à son bras fluet, et elle fouillait dans un porte-monnaie noir blanchi au pourtour.

Laura observait attentivement. D'abord il crut qu'elle regardait les sucreries dans la vitrine du comptoir, mais il comprit bientôt que c'était les vieilles mains fripées qui plongeaient dans le porte-monnaie.

La femme sortit la clé du motel et la tendit à la caissière.

La caissière recopia sur une feuille le numéro de la chambre inscrit sur la plaque, puis indiqua à la vieille femme où elle devait signer.

– Merci, madame Grogan, dit la caissière en détachant les carbones du paquet de feuilles.

Elle donna un reçu jaune à la vieille femme, puis regarda Howie. Laura s'était déjà éloignée et étudiait un présentoir de cartes postales.

– Tu voulais quelque chose ?

– Non, dit-il. Non, pas pour l'instant.

– Tu as vu ça ? lui chuchota Laura quand il la rejoignit. Elle sortit du présentoir une carte postale qui disait que Barnesville était la capitale mondiale des cerises, et la regarda attentivement.

– Elle a montré sa clé et c'est tout. On lui a mis ça sur sa note du motel.

Il savait ce qu'elle pensait et secoua très légèrement la tête.

– C'est une grande personne. Une adulte.

– Et alors ? Nous avons une clé, n'est-ce pas ? Nous pourrions dire que c'est notre père qui nous a envoyés prendre notre repas, s'ils posent des questions.

– Je ne sais pas. Ils pourraient vouloir l'appeler ou quelque chose.

Laura remit la carte dans le présentoir, et ses yeux

se tournèrent vers un bébé dans sa chaise haute qui écrasait ses spaghettis avec sa cuiller.

– J'ai vraiment faim, dit-elle.

*
* *

Ils s'assirent à une table près de la fenêtre. La servante qui leur apporta les menus se mordait la lèvre pour ne pas rire. Elle avait de longues boucles blondes qui lui tombaient sur les oreilles. Il ne voyait pas ce qu'il y avait de drôle et ne leva pas les yeux du menu quand elle revint avec deux verres d'eau glacée.

– Que désirez-vous ? demanda la serveuse.

Ils commandèrent des hamburgers, des frites et du lait malté. Ils essayèrent de ne pas regarder les prix.

– Voulez-vous de la tarte ? demanda la serveuse. Celle aux pacanes est conseillée ce soir.

Elle fit un clin d'œil à Howie qui eut envie de dire non, mais Laura acquiesça.

– Oui, s'il vous plaît, dit-il.

Les sets de table étaient imprimés de devinettes et de jeux qu'ils firent pour tromper l'attente en se passant le bout de crayon du petit carnet brun. C'était vraiment des devinettes pour petits mais ils les cherchèrent quand même.

Ils firent la course pour le jeu le plus difficile. C'était un labyrinthe.

– J'ai fini, dit Laura.

Howie la regarda. Il n'en avait fait que la moitié.

– Eh ! dit-il, tu n'as même pas le crayon.

– J'ai utilisé mon doigt. (Elle se pencha pour regarder.) Oui, dit-elle, c'est par là que je suis allée aussi.

Il ne comprenait pas pourquoi il souriait. Dans quelques minutes la caissière les regarderait en se demandant qui ils s'imaginaient pouvoir rouler, et il souriait tant que sa bouche lui faisait mal !

Quand la nourriture arriva, ils mangèrent vite parce qu'ils avaient faim. Howie ne put pas terminer sa part de tarte. Il poussa ce qui restait vers Laura et s'en alla aux toilettes.

Les lieux étaient parfaits. Quand il se recula, la chasse d'eau se déclencha automatiquement parce qu'il y avait une cellule photoélectrique encastrée dans la paroi de l'urinoir. Cela l'inquiéta d'avoir franchi le rayon sans le savoir, mais quand il découvrit qu'il pouvait actionner la chasse d'eau autant de fois qu'il le voulait en coupant le rayon avec la main, il se sentit mieux. On l'observait mais l'observateur n'était pas très malin !

Quand il sortit des toilettes, il vit que Laura n'était plus assise à la table. Elle était debout au comptoir. La vieille femme de ménage la tenait par son pull et parlait à la caissière. Laura repoussait la grosse main, mais à chaque fois la femme la reprenait.

Quelque chose avait mal tourné.

Howie se glissa derrière le présentoir de cartes postales qu'il se mit à examiner attentivement. Il ne bougeait pas du tout. Il pensa qu'on aurait pu passer près de lui sans le voir.

*
* *

Laura voyait bien que la caissière ne voulait pas d'ennuis. Elle était jeune et jolie. Elle se mordait la lèvre inférieure de ses petites dents parfaites. Elle ne cessait pas de manipuler leur clé avec ses doigts blancs, et essayait de réfléchir pendant que la vieille femme jacassait.

– Il n'y avait pas de bagages quand j'ai nettoyé là-bas, dit la vieille femme en désignant la clé. C'est pourquoi je suis allée vérifier quand je les ai vus partir. Ils ont passé l'après-midi dans le même lit. À son âge ! (Avec sa petite bouche crispée, elle regarda Laura d'un air satisfait et réprobateur.) Je ne sais pas où va le monde.

Laura sentit ses genoux se mettre à trembler. Elle pensa qu'elle ne pourrait pas supporter ce qui se passait dans la tête de cette femme. C'était sale et malsain là-dedans, et elle ne voulait pas que la vieille femme l'y mette même en pensée.

– Mon père va certainement être très mécontent de tout cela, dit-elle aussi calmement que possible.

Elle essaya d'attirer le regard de la caissière, mais la jeune femme ne répondit pas à cette attente.

– Où est ton copain ? demanda la femme de ménage en lui secouant le bras.

C'était dégoûtant d'être touchée par cette vieille femme. La transpiration avait laissé des traces sur sa robe sans manches.

– Ne me touchez pas. Mon frère est retourné à notre chambre. Il est malade. Quand mon père va…

– Frère rien du tout. Si tu étais ma fille je te donnerais une fessée.

La femme avait parlé d'une fessée. Elle avait réellement dit le mot. Laura était si malade de rage et de honte qu'elle pouvait à peine respirer. Elle eut soudain très envie que Howie soit là, mais elle n'osait pas le chercher du regard. Ce serait affreux s'ils le prenaient aussi.

– Je pense, dit enfin la caissière, que nous ferions mieux d'en parler à M. Anderson. (Elle regarda la fille pour la première fois.) Je regrette, dit-elle. Nous devons faire attention.

La fille ne comprit pas ce qu'elle voulait dire. À quoi devaient-ils faire attention ?

La caissière appela une serveuse pour être remplacée à la caisse. C'était leur serveuse. Ses yeux étaient écarquillés et elle ne souriait pas. Laura se laissa emmener hors du restaurant, silencieux, à part le raclement d'un couteau contre une assiette.

Dehors, elle aurait dû essayer de courir. La femme de ménage était âgée, et la caissière portait des talons hauts. Elle aurait pu s'échapper aisément ; mais elle ne pouvait pas courir, elle était comme paralysée. Elle venait de se faire prendre, et jamais elle n'aurait imaginé ce que c'était. Avant, elle était heureuse. Elle était follement heureuse et se sentait si légère et insouciante qu'elle avait cru que rien ne pourrait la toucher.

Or cette vieille femme la tirait par son pull et se faisait sur elle de mauvaises idées qui collaient comme du goudron. Il fallait avancer dans la poussière du parking, si dense qu'elle pouvait à peine marcher.

Derrière le bureau, dans l'entrée du motel, se trouvait un jeune homme aussi propre et astiqué qu'un meuble neuf. On aurait dit qu'il les attendait. Il s'inclina poliment, ses yeux papillotèrent.

– Un ennui, Hazel ? demanda-t-il à la caissière.

– Et comment ! dit la vieille femme.

Elle parlait en se balançant comme si ses paroles étaient des coups qu'il s'agissait d'asséner.

Laura essaya de réfléchir à ce qu'elle pourrait dire. Elle savait qu'elle n'allait pas abandonner. Elle n'allait pas être ce que la femme de ménage prétendait. Elle parlerait jusqu'à ce qu'ils cessent de croire celle-ci, puis elle se tairait. Elle ne leur dirait jamais son nom. Sa mère ne saurait rien. Elle ne pouvait pas laisser faire ça.

– Mademoiselle Hendricks, n'est-ce pas ? dit l'homme. (Il feuilletait un registre et tenait à la main une fiche blanche. Son visage était prudemment neutre.) Où sont vos parents actuellement ?

– Ils sont au garage. Ils font réparer la voiture. C'est là que sont aussi nos bagages. La voiture est tombée en panne ce matin au moment de partir. C'est pourquoi nous n'avons pas ramené les bagages. Je croyais que maman vous avait dit tout cela.

La vieille femme aux cheveux roses fit un gros bruit avec son nez. L'homme toussa pour couvrir ce bruit. Il regarda d'abord Laura puis la caissière d'un air incertain. Laura commença à espérer qu'il la croirait, du moins un certain temps. Elle ne savait pas pourquoi c'était important, mais elle voulait qu'il la croie.

– Oui, c'est exact, je pense. Si vous pouvez nous dire quel est le garage.

– Je ne connais pas le garage. Ne pouvons-nous pas attendre que mon père revienne ? Il va certainement être furieux.

– Excusez-moi, mademoiselle. Bien sûr que nous pouvons attendre. Mme Purse veut seulement être rassurée. C'est bien cela, madame Purse ?

Il regarda la vieille femme qui devint rouge marbré. Même ses gros bras.

– Et le garçon ? dit-elle d'une voix pincée. J'ai vu aussi un garçon qui sortait de cette chambre.

– Un garçon ? Quel garçon ? demanda l'homme.

– Mon frère… commença Laura, mais l'homme laissa tomber la fiche sur le bureau comme s'il ne voulait plus y toucher.

– D'après la fiche il y a trois personnes dans cette chambre. Il s'agit bien de votre mère, votre père et vous ?

Il la regardait durement. Quelque part dehors, l'alarme d'une voiture se déclencha, mais personne n'y prit garde. Ils la regardaient tous, et elle ne savait pas quoi dire. La vieille femme lui reprit le bras d'un air triomphant.

– Il n'y a qu'elle et son copain. Il n'y a pas de bagages. Juste un sac en papier avec des tampons.

La femme fit un bruit dégoûtant avec la bouche.

La fille crut se mettre à pleurer. Parce que cette

bonne femme avait regardé dans son sac et trouvé les tampons. Elle regarda la caissière, mais la jeune femme avait l'air près de pleurer aussi. Cela l'effraya encore plus que le reste.

Une seconde alarme de voiture se déclencha. Dans l'entrée du motel rien ne bougea, sinon les yeux de l'homme qui allèrent de la femme à la caissière et finalement à Laura.

Il sursauta quand la sirène d'incendie se mit à hurler. Aigu et strident, le son était presque insupportable.

– Zut ! Hazel ? Allez voir au parking. Gardez-la ici, madame Purse. (Il désigna Laura en sortant de derrière son bureau.) Vous allez avoir des ennuis, lui dit-il.

Une femme en peignoir à fleurs fit irruption dans l'entrée et essaya de le saisir au passage par le bras.

– Y a-t-il le feu ? demanda-t-elle.

– Je vais voir, dit l'homme en disparaissant par une grande porte en bois. La femme regarda Laura et la femme de ménage comme si elle allait dire quelque chose. Elle changea d'avis et retourna dans sa chambre.

Mme Purse poussa Laura jusqu'à un grand canapé de cuir près de la fenêtre et la fit asseoir.

– Assieds-toi là, jeune fille, dit-elle en restant debout, ses petits poings sur ses hanches épaisses. J'ai une petite-fille de ton âge. Je ne sais pas ce que je ferais si j'apprenais qu'elle se conduit comme ça. Je ne sais pas du tout.

Laura ne l'écoutait pas. Il y avait une expression très particulière sur son petit visage étroit. Quand Mme Purse reconnut cette expression, ça lui coupa le souffle. La fille se retenait de rire. Elle regardait au-dehors par la fenêtre et elle se retenait de rire. Lentement la vieille femme se retourna.

Howie était derrière la vitre obscure et l'observait. Ses yeux étaient écarquillés et sombres, et avec un soupçon d'indignation Mme Purse vit que ses cheveux étaient entrelacés de feuilles vertes et de plantes grimpantes. Quand elle le regarda, il se pencha et appuya ses mains et son visage contre le carreau pour que son nez et ses lèvres s'aplatissent.

Laura se leva et se dirigea calmement vers la porte. En sortant, elle se retourna et sourit d'un air malicieux.

Mme Purse s'assit sur le canapé, les deux mains sur la poitrine, et écouta le sang et la sirène résonner dans ses oreilles.

– Mauvais garnements, chuchota-t-elle. Méchants sales garnements.

– Viens, idiot, dit Laura. Elle va avoir une attaque.

Howie sourit et sortit des buissons de laurier plantés devant la fenêtre. Ils traversèrent lentement la foule des clients du motel qui attendaient que quelque chose arrive dans le parking. Tout en marchant, le garçon ôta le feuillage qui lui ceignait la tête. Personne n'essaya de les arrêter.

La Highway

Howie se réveilla le premier, la gorge sèche et douloureuse, et les paupières collées. Il ne bougea pas avant d'être sûr d'avoir compris où il se trouvait.

C'était le siège arrière d'une voiture. La voiture de quelqu'un qu'il ne connaissait pas. Elle était garée dans une longue allée assombrie par des arbres à feuillage persistant. Au bout de l'allée, il voyait la maison des propriétaires de l'auto, avec des volets verts et un daim en plastique dans le jardin.

Derrière la maison, le ciel s'éclaircissait. Il faudrait qu'ils partent bientôt.

– Eh ! dit-il doucement.

Elle se tortilla contre lui d'un air agacé en faisant un petit bruit d'animal. Elle se cramponnait au sommeil et à ses rêves.

Il sentit un écoulement lui mouiller la lèvre supérieure. Son nez recommençait à couler. C'était irritant d'avoir attrapé un rhume.

Il mit la tête en arrière et essaya de respirer doucement par la bouche. Le papier hygiénique qu'elle lui avait donné au motel était épuisé. Elle en avait eu besoin elle aussi pendant la nuit, parce qu'ils avaient laissé le sac en papier dans la chambre et que la femme de ménage l'avait trouvé.

Il n'avait pas envie de penser au motel. Il pencha un peu la tête pour voir l'orée du bois de pins au bout du pré. Ce bois semblait si sombre et si profond. Il donnait l'impression d'une profondeur insondable. Depuis le bord d'un coquet petit pré jusqu'à l'autre bout du monde.

Pas un souffle de vent. Chaque brin d'herbe était parfaitement immobile. Il s'aperçut qu'il retenait sa respiration. Tout était si calme qu'il n'osait pas respirer.

Il sentit une envie profonde gonfler à l'intérieur de sa poitrine et le soulever presque de son siège. C'était celle de sortir de la voiture et de s'enfoncer dans les bois. Fuir définitivement les colonies, les routes, les motels et le son de la voix humaine. Dans ces bois, il n'y avait ni sentiers, ni clairières, ni clôtures, ni pylônes dressés entre les arbres et menant vers d'invisibles cités. Ils y seraient en sûreté. Ils ne seraient plus pareils. Ils seraient aussi légers, aussi difficiles à repérer que des ombres dans le noir. Ils pourraient simplement disparaître.

– Quoi ? dit la fille.

– Rien, dit-il. J'ai dû rêver.

Il cligna des paupières et ouvrit les yeux tout grands. Le vent agitait le sommet des arbres, et l'antenne de télévision en haut de la maison était secouée par un grand souffle invisible. Pourquoi avait-il cru qu'il n'y avait pas de vent ? Il remua un peu la tête pour sentir son poids.

Une lumière s'alluma au premier étage de la maison. Il vit une grande ombre traverser le plafond et venir vers la fenêtre.

– Eh ! répéta-t-il. Les gens de la maison sont réveillés.

La fille frotta son visage contre sa manche à lui et se redressa.

– Beurk ! dit-elle. Cette couverture est pleine de poils de chien.

Ils ne l'avaient pas remarqué dans le noir quand ils étaient entrés dans la voiture ouverte. La couverture qu'ils avaient trouvée pliée à l'arrière était effectivement remplie de poils jaunes.

– Tant pis, c'est trop tard.

– Oui, mais je vais prendre au moins un millier de bains quand nous serons à la maison.

Il essaya d'imaginer comment ce serait. Serait-il assis l'après-midi même dans un appartement inconnu, essayant de parler avec la mère pendant que la fille prendrait un bain ? Cela lui paraissait un peu invraisemblable.

Laura se raidit légèrement et se mit à explorer sous la couverture avec sa main. Il comprit qu'elle touchait le fond de son pantalon, et il ferma les yeux pour lui laisser un peu d'intimité. Il se sentit soudain défaitiste sans comprendre pourquoi : ils n'avaient plus de grands risques à prendre, mais peut-être était-ce son rhume et cette autre chose qu'elle avait qui rendaient tout si compliqué. Il avait l'impression que rien n'allait plus marcher.

– Il faut que je trouve rapidement des toilettes, dit-elle d'une petite voix blanche.

À travers le pare-brise, il vit une femme en bigoudis ouvrir la porte de la maison. Un gros chien doré la bouscula et bondit sur ses pattes raides dans l'herbe humide. Il se précipita vers le daim en plastique et le renifla d'un air soupçonneux.

La femme rentra dans la maison.

– Oh, non ! fit Laura. (Le chien courait dans l'allée et venait vers la voiture.) Crois-tu qu'il sait que nous sommes là ?

– Ça ne change rien, dit Howie en repoussant la couverture et en cherchant la poignée de la portière.

– Et s'il mord ?

– C'est un retriever doré. Ces chiens-là ne mordent pas.

Il n'en était pas vraiment certain, mais il préférait courir le risque. Il n'avait pas envie qu'on les trouve dans la voiture. Il ne croyait pas pouvoir encore supporter les gens.

Quand il poussa la portière, il heurta presque le chien. Celui-ci recula, étonné, éparpillant le gravier de l'allée avec ses grosses pattes.

Le garçon sortit lentement de la voiture.

– Salut le chien ! dit-il en lui tendant le dos de sa main à sentir. Il constata que le chien était dérouté. Les poils de son échine étaient dressés, mais il remuait la queue.

Du coin de l'œil, il vit Laura sortir de la voiture et se déplacer vivement vers la route sans bruit.

– Ne cours pas, dit-il.

Elle avait laissé la portière ouverte, si bien qu'il recula d'un pas pour la fermer.

Le chien aboya une fois puis fit un mouvement vers ses chevilles. Le garçon conclut qu'il valait peut-être mieux courir, finalement. C'était difficile, parce que le chien se mettait dans ses jambes. Non par méchanceté, mais parce qu'il voulait absolument attraper ses chaussures. Arrivé à la route, Howie s'arrêta et désigna l'allée.

– Va-t'en ! dit-il.

Le chien s'assit et le regarda d'un air réjoui.

– Je croyais que tu avais dit de ne pas courir, dit Laura.

– Tu te moques de moi ? Il me prenait pour son os !

Les cheveux et la chemise de Laura étaient mouillés et couverts de points blancs. En regardant de plus près, il vit que c'étaient des fleurs. Ses cheveux étaient couverts de minuscules fleurs blanches.

– Que t'est-il arrivé ?

– Je suis rentrée dans un buisson.

– Tu vois. Je t'avais dit de ne pas courir.

Il se sentit soudain à nouveau le cœur léger. Le chien ne lui avait pas fait de mal, et peut-être que la mère de la fille leur permettrait de rester ensemble, après tout. C'était possible. Il avança la main et se mit à lui ôter les fleurs une à une.

– On dirait le Printemps, dit-il.

– Tu parles d'un printemps ! dit-elle d'un air bougon, mais elle baissa la tête pour qu'il puisse continuer à ôter les fleurs.

– Non, c'est vrai. C'est la dame d'un tableau. Elle est le Printemps.

Il avait eu une sorte de béguin pour cette dame, en fait. Elle ne ressemblait pas réellement à Laura, mais leurs sourires étaient les mêmes.

– Est-elle jolie ? demanda la fille. Elle était consciente d'aller un peu loin, mais elle se sentait téméraire.

– Bien sûr. Elle a des fleurs dans les cheveux. Tout comme toi. (Les fleurs étaient mouillées et restaient collées à ses doigts.) On peut voir à travers ses vêtements.

Elle lui donna une bourrade, et il faillit tomber sur le chien qui partit en aboyant aussi fort qu'il put. Ils se sauvèrent en courant sans se demander où ils allaient.

* * *

Le soleil était déjà chaud sur leurs nuques quand ils trouvèrent une station-service ouverte.

Un adolescent avec une vilaine acné et de longs cheveux noirs était en train de sortir une enseigne

Pennzoil. Il la plaça bien devant les pompes et observa la fille qui se dirigeait vers les toilettes situées à l'extérieur de la station. Il regarda le garçon puis retourna dans le garage.

– C'est fermé, dit Laura en revenant.

– Peux-tu attendre ?

Elle hocha la tête.

– Bon, nous allons chercher la clé.

Ils allèrent tous les deux dans le bureau. Par la porte du garage ils virent l'adolescent pousser un gros cric rouge sous une camionnette.

La clé était pendue à un bout du comptoir. Elle était attachée à un morceau de manche à balai. On avait écrit FEMMES au marqueur sur le manche.

La fille voulut la prendre.

– Hé ! hurla l'adolescent.

Il lâcha la poignée du cric et entra dans le bureau.

– C'est pour les clients, dit-il en mettant la main sur la clé. Il s'appuya contre le comptoir en souriant et en hochant la tête comme s'il était très fier de son coup et qu'il voulait voir ce qu'ils allaient faire ensuite.

– Puis-je avoir un Mars s'il vous plaît ? dit le garçon.

L'adolescent parut perplexe, mais il ouvrit le comptoir avec une clé attachée à sa ceinture par une longue et grosse chaîne.

– Trente-cinq cents, dit-il en gardant la main sur la friandise.

La fille compta l'argent avec soin dans le creux de sa main et le posa sur le comptoir.

– Pouvons-nous avoir la clé, s'il vous plaît ? dit le garçon.

– J'ai dit que c'était pour les clients.

Le garçon regarda l'argent.

– Zut, dit l'adolescent, mais il donna la clé à la fille.

– Tu attends dehors, dit-il au garçon quand elle fut sortie.

Il ne souriait plus.

– D'accord. Est-ce la route pour Ahlburg ?

– Ouais. (L'adolescent parut curieux pour la première fois.) Vous allez à pied ? Ça fait quinze kilomètres !

– Non, je voulais seulement savoir.

L'adolescent acquiesça sans le croire, et Howie sortit et attendit près de l'enseigne Pennzoil.

Quand le garçon et la fille furent partis, l'adolescent alla dans le bureau vérifier si elle avait remis la clé à sa place. Satisfait, il les suivit jusqu'au bord de la route. Il les vit se diriger vers Ahlburg. C'était donc bien là qu'ils allaient. Ils avaient sorti leur Mars qu'ils partageaient.

Une vieille jeep s'arrêta près des pompes derrière lui. Sur la portière, il y avait des lettres à moitié effacées qui disaient : ÉLEVEUR DE CHÈVRES. Il regarda la jeep, puis les deux enfants. Il réfléchit un instant puis s'en alla vers le véhicule. Plus il réfléchissait, plus il allait vite. Il avait retrouvé le sourire.

*
* *

– Quinze kilomètres, disait Laura. Je croyais que c'était douze.

– Je pense que ce gars n'en savait probablement rien. Il ne paraissait pas trop intelligent.

Howie dut s'éclaircir la voix pour parler. Le Mars lui avait donné soif.

– Oui, mais quand même. Tu ne crois pas qu'on devrait essayer de faire du stop ?

– Je croyais que tu n'avais pas le droit.

– Non, mais peut-être que ce serait mieux.

Elle s'inquiétait un peu pour lui. Elle entendait des petits sifflements quand il respirait. Elle ne savait pas trop, mais il lui semblait que lorsqu'on a un rhume on n'est pas censé faire ce genre de petits bruits.

Howie refusa d'un hochement de tête. Il ne se sentait pas tellement en forme, mais il n'avait pas envie de parler à des gens. Ça le fatiguait. Plus que de marcher. Il aurait aimé quitter la grand-route et aller à travers bois. Il devait faire frais sous les arbres, là-bas, alors qu'il faisait étouffant sur cette route. S'ils pouvaient s'éloigner de la grand-route, il était sûr qu'il irait mieux.

Un peu plus loin, devant eux, il vit une jeep arrêtée un peu plus loin sur le bas-côté, moteur en marche. L'arrière du véhicule était couvert de poussière, mais il aperçut un homme qui levait la tête pour les regarder dans le rétroviseur.

Ils essayèrent de contourner la jeep qui sentait la poussière, l'huile chaude et l'essence.

Quand ils arrivèrent à hauteur du siège du passager, l'homme sortit le bras pour manœuvrer la poignée extérieure. La portière s'ouvrit brusquement devant eux. Il leur aurait fallu descendre dans le fossé pour passer. Le fossé était plein de hautes herbes mouillées. Le garçon regarda l'homme.

– Hé là ! Vous allez à Ahlburg ? Montez donc !

L'homme avait des cheveux roux et des yeux bleus aux paupières enflammées.

– Non, merci, dit Howie en essayant de pousser Laura dans le fossé.

– Eh ! fit-elle en lui attrapant le bras pour ne pas tomber.

– Attendez. Ne vous pressez pas tant, dit l'homme. Il mit la main dans la poche de sa chemise en flanelle et en sortit un portefeuille. Quand il l'ouvrit, le garçon vit un grand insigne doré. Il dut se retenir à la portière pour ne pas glisser.

– Vous voyez ça ? dit l'homme. Ça signifie que je suis assermenté. Vous n'avez rien à craindre. Allons ! Montez donc ! Ahlburg est trop loin pour y aller à pied.

Howie regarda Laura. Il vit bien qu'elle avait envie de profiter de l'occasion. Quinze kilomètres, ce n'était pas beaucoup. Ce serait sans doute fait en quelques minutes.

Le siège avant de la jeep était en plastique jaune luisant. Quand la fille fut montée, l'homme passa le bras devant eux pour fermer la portière. La poignée intérieure manquait. Cela ennuya Howie. On lui avait dit un jour qu'il ne fallait jamais monter dans une voiture sans poignées intérieures quand on faisait du stop. Il ne savait pas exactement pourquoi. Cela ne lui avait pas paru très important parce qu'il n'en faisait jamais. Il était trop tard désormais pour s'informer. La jeep roulait déjà vite sur la grand-route.

L'homme fouilla de la main droite dans un paquet de cigarettes sur le tableau de bord poussiéreux.

– Cigarette ? demanda-t-il en allumant la sienne.

Il fit cela d'une manière démonstrative en manipulant la boîte d'allumettes d'une seule main.

Howie refusa d'un hochement de tête. Il fut surpris que l'homme puisse lui proposer une cigarette. Il se demanda quel âge il leur donnait.

– Je m'appelle Hofstadder. Pearly Hofstadder. Et vous ? Il se pencha sur le volant pour regarder la fille d'abord, puis le garçon.

– Howie, dit tout bas le garçon.

En fait, il ne tenait pas à ce que l'homme l'entende. Il était très mal à l'aise. À l'intérieur de la jeep il faisait très chaud et ça sentait mauvais. Il pensa que c'était dû à l'homme, même s'il semblait propre.

Hofstadder dut deviner ce qu'il pensait parce qu'il dit brusquement :

– Excuse l'odeur, Howie.

Cela fit sursauter le garçon. L'homme avait compris son nom. Du premier coup.

– C'est les chèvres. J'ai transporté un de mes boucs à l'arrière, il y a une semaine. Ça pue encore. Y a rien qui sent plus mauvais qu'un bouc. Pas vrai, Howie ?

Le garçon acquiesça, mais ça ne lui ôta pas de l'idée que c'était réellement Hofstadder qui sentait mauvais. L'homme ne cessait pas de regarder la fille du coin de l'œil.

Au bout de cinq kilomètres environ, la jeep tourna brusquement dans un chemin.

– Hé ! dit le garçon. Ahlburg n'est pas par là ! Nous ferions mieux de descendre ici.

– Vous êtes si pressés ? J'ai juste quelque chose à prendre dans cette maison. Ça ne demandera qu'une minute.

La jeep ne ralentit pas. Il entendait les pneus vibrer dans les ornières et les pierres heurter les pare-chocs. Les arbres de chaque côté de la route étaient couverts d'une fine poussière.

– C'est vous qui vous êtes sauvés de la colonie l'autre jour ? dit l'homme. (Il hocha la tête quand ils ne répondirent pas.) Je me doutais que c'était vous. Qu'avez-vous fait ? Comment êtes-vous allés à Barnesville ?

– On nous y a emmenés. Nous rentrons maintenant. Ils savent que nous arrivons. Ils nous attendent.

– Bien sûr. Mais qu'avez-vous fait ?

L'homme sourit. Il avait une grande bouche, et quand il sourit, Howie vit qu'il n'avait plus que les dents de devant.

– On a pris un peu de bon temps, hein ?

– Que voulez-vous dire ?

– Tu le sais bien, Howie. Diable, ça me gêne pas. Je suis libéral. C'est normal pour moi que les jeunes s'amusent un peu. Je parie que toi et ta copine vous êtes bien marrés. C'est ça, Howie ?

– Ça ne vous regarde pas, murmura Laura.

– Qu'est-ce que c'est ? dit l'homme sèchement.

Howie se redressa vivement.

– Je pense que nous devons descendre ici, dit-il. Nous pouvons marcher. Ça ne nous dérange pas.

L'homme le repoussa contre le siège d'un bras vigoureux. On aurait dit du bois.

– Du calme, champion ! Tu restes là ! (Il saisit le volant à deux mains et regarda en grimaçant à travers le pare-brise sale.) Autant dire que vous êtes en état d'arrestation.

– Qu'est-ce que vous voulez dire ?

L'homme ne répondit pas. Il arrêta le véhicule devant un magasin.

Il n'y avait pas d'autres maisons, et le magasin était vide, abandonné. Les fenêtres étaient brisées et les marches détériorées. Il y avait une cabine téléphonique délabrée à un bout.

L'homme arrêta le moteur et les regarda. Il ne se donnait plus la peine de paraître sympathique.

– C'est toi qui as déclenché la sirène d'incendie à l'Étoile hier soir, hein ? Tu sais que c'est grave ? Il va te falloir des appuis, toi et ta poupée, là.

Il cracha par la fenêtre.

– Bon, je vais appeler le shérif. Vous ne bougez pas, vous m'entendez ?

L'homme remonta les deux vitres, d'abord celle du côté de la fille puis celle du côté du chauffeur. La chaleur et la puanteur devinrent intolérables. Il hocha lentement la tête, comme s'il avait fait un bon coup, puis il sortit du véhicule. Il claqua la portière derrière lui. En allant vers le téléphone, il se retourna pour les regarder. Il avait un air suffisant, presque heureux. Pardoe et la femme de ménage aussi avaient eu l'air suffisant. L'homme était si sûr de lui, si persuadé qu'ils ne pourraient rien faire.

– Que va-t-il se passer ? (Elle pouvait à peine parler.) Crois-tu qu'ils vont nous mettre en prison ?

– Je ne sais pas. Je ne sais même pas si ce type est un vrai policier. Il n'en a pas le comportement.

– Oh, mon Dieu, qu'il est bizarre ! Où nous emmène-t-il ? Tu ne crois pas qu'on devrait essayer de se sauver ?

– Je ne sais pas, dit Howie.

Il comprit alors pourquoi l'homme avait remonté les vitres. Les deux poignées intérieures avaient été ôtées.

– Nous sommes enfermés. Il faudrait passer par les fenêtres et je ne crois pas que nous aurions le temps.

L'homme les surveillait depuis la cabine, même en composant son numéro. C'était comme s'il les défiait.

– Qu'en penses-tu, Laura ? Crois-tu que nous le pourrions ?

Elle ne répondit pas. Quand il arracha son regard de l'homme, il vit qu'elle contemplait une amulette dorée en forme de tête de bouc qui tournait lentement dans l'air immobile : elle pendait à une clé, et la clé était sur le contact.

Les bois

Maddy avait oublié que c'était la journée des parents, ou peut-être qu'elle n'avait jamais bien compris ce que ça signifiait. Le parking de la colonie se remplissait de voitures. Les parents et grands-parents avançaient lentement vers les bâtiments en regardant d'un air heureux les toits qui dépassaient au-dessus des arbres. Ils transportaient des sacs pleins de beignets, de chocolat, de boîtes de biscuits tant désirés, et de fromage à tartiner en bombe aérosol.

En bas de l'allée goudronnée qui menait à la colonie on avait dressé une table pliante. Elle était surmontée d'un parasol jaune décoré de pommes de pin et de guirlandes de papier. Des filles au visage sérieux et réfléchi distribuaient des badges et des instructions. Les badges étaient en forme de grosses marguerites jaunes. Ils collaient sur tout : les vestes de tweed et de lin, les corsages de soie et les tee-shirts.

Personne n'en proposa à Maddy. Elle ne faisait pas partie de la fête et ne parvenait pas à trouver un endroit où se mettre.

Margo Cutter lui apporta un verre de limonade, puis retourna près de ses amies à la table de réception. De temps à autre, une des jeunes femmes regardait furtivement Maddy. Si Maddy croisait son regard, elle prenait aussitôt un air contrit.

Pour échapper à cela, Maddy se glissa entre les voitures jusqu'à l'entrée du parking.

Elle remarqua qu'elle avait encore son verre à la main. Il était collant. Elle le posa délicatement sur un poteau alors qu'une voiture de police s'arrêtait près d'elle. Une petite femme robuste en sortit. Maddy la regarda, soudain en alerte. Elle sentit des picotements au bout de ses doigts.

– Madame Golden ? Je suis Sarah Gallagher. L'officier régional pour la jeunesse.

Maddy acquiesça. C'était la femme « qui ne savait rien. »

– Je crains que nous n'ayons un problème, madame Golden.

– Qu'y a-t-il ?

– Votre fille et le garçon ont été pris ce matin près de Barnesville, par un des hommes du shérif Prosser.

Maddy regarda par-dessus l'épaule de la femme pour voir dans la voiture : elle était vide.

– Où sont-ils ? demanda-t-elle.

– Nous ne savons pas exactement. Je crains qu'ils aient volé son véhicule, madame Golden.

Maddy attendit. Elle était sûre que ce n'était pas fini.

– Ils ne sont pas allés loin. Juste au bout du chemin. L'agent n'a pas pu les suivre. Ils l'ont renversé, en fait, madame Golden.

Margo apparut alors au côté de Maddy, inquiète.

– Que se passe-t-il ? demanda-t-elle.

– Laura a renversé un policier, dit Maddy.

– Oh, mon Dieu !

– Ne soyez pas trop bouleversée, dit Mlle Gallagher, s'adressant à Margo qui semblait avoir la réaction appropriée. L'agent n'a pas été gravement blessé. Juste quelques contusions. Et bien que je ne puisse rien promettre, je ne pense pas que le shérif Prosser donne suite. L'agent ne semble pas s'être comporté comme il fallait. Après avoir quitté la grand-route pour trouver un téléphone, il a laissé les enfants seuls dans le véhicule avec la clé sur le contact. Il n'était pas en uniforme. Le shérif Prosser pense que Laura et Howie ont dû avoir peur. Ce ne sont pas des enfants du calibre de ceux auxquels nous avons affaire habituellement.

Margo hocha vivement la tête. Non, non. Ils n'étaient pas du calibre de ces enfants-là. Derrière elle, Maddy vit une grande jeune fille qu'embrassait un couple plus âgé. Maddy se demanda qui elle était, et si Laura l'avait eue comme amie.

– Qu'a-t-il fait ?

Mlle Gallagher ne comprit pas.

– L'agent, expliqua Maddy. Il a dû faire quelque chose. Ils voulaient venir ici, me rejoindre. Et il les en a empêchés.

Elle porta la main à sa tempe. Le soleil commençait à lui faire mal à la tête.

– Pourquoi les pourchasse-t-on ? Je ne comprends pas. Pourquoi les pourchasse-t-on ?

Mlle Gallagher regarda Margo puis Maddy.

– Madame Golden, je crois qu'il vaut mieux que je vous reconduise à votre hôtel tout de suite. Je suis certaine qu'on va les retrouver d'ici peu.

– Vous ne croyez pas qu'elle viendra ici ?

Mlle Gallagher parut mal à l'aise.

– Barnesville est à près de quinze kilomètres,

madame Golden. Ce serait peut-être mieux si nous attendions à l'hôtel. Margo restera ici au cas où ils viendraient.

Maddy regarda les deux femmes. Elles hochaient toutes les deux la tête de la même façon encourageante. Mlle Gallagher venait d'appeler Margo par son prénom. Maddy n'avait pas compris qu'elles se connaissaient. Ce n'était peut-être pas extraordinaire, mais elle ne le savait pas. Elle se demanda s'il y avait d'autres choses encore qu'elle ne savait pas.

De retour à sa chambre d'hôtel, Maddy ôta ses chaussures et s'allongea sur le lit. Elle avait perdu conscience de la présence de Mlle Gallagher, mais elle supposait qu'elle était quelque part dans la chambre, qu'elle attendait. Elle n'avait apparemment pas besoin de parler. C'était un soulagement. Maddy voulait étudier le plafond où tremblotaient des taches de lumière reflétée par la piscine de l'hôtel. C'était comme une danse de lumière et d'ombre, dans un aller et retour incessant.

Elle commençait à se demander si elle retrouverait Laura un jour. En quelque sorte et d'une façon qu'elle ne comprenait pas, les chances semblaient insaisissables, perdues en malentendus et incidents fortuits.

*
* *

Howie se pencha par-dessus la rambarde du pont et regarda la rivière, d'un brun sale à cause de la boue et marquée en surface par de longues ondulations douces et de larges mouvements. Il voyait le reflet de sa propre tête, boule noire sur le reflet du pont même. Il se pencha un peu plus, cherchant le point d'équilibre où ses pieds allaient se soulever du sol.

– Hé ! Attention ! cria Laura en sortant la tête de la cabine téléphonique.

– Oui. (Il s'écarta de la rambarde pour surveiller la grand-route des deux côtés.) Je fais attention.

La route coupait droit à travers la forêt de pins, et depuis le pont il voyait à des kilomètres. Il n'y avait pas de voiture, pas même une maison ou une grange au loin. Le vieil homme qui leur avait prêté de la monnaie pour téléphoner était assis près d'un petit cabanon blanc, juste là où la route montait pour traverser la rivière. Il s'appelait M. Lockwood, et il vendait du miel. Il ne devait pas en vendre beaucoup à voir le peu de passage. Peut-être qu'il s'en moquait. Il avait sorti une chaise de cuisine au soleil et se tenait assis très droit, mais si immobile qu'on l'aurait cru endormi.

Laura parlait à quelqu'un au téléphone derrière la vitre sale ; elle avait sorti le petit carnet et écrivait quelque chose. Howie n'entendait pas ce qu'elle disait.

Il se demanda ce qui était arrivé à l'homme à la jeep. Il n'avait pas été gravement atteint quand le véhicule l'avait renversé. Il s'était relevé aussitôt. Le garçon l'avait observé dans le rétroviseur. Peut-être qu'il ne les cherchait pas, après tout. Il était peut-être gêné parce qu'il avait essayé de les enfermer dans la jeep. Plus Howie étudiait cette possibilité, moins elle lui paraissait plausible. Non, l'homme était quelque part en train de les chercher.

Laura raccrocha le téléphone et sortit de la cabine, se battant un instant avec la porte récalcitrante.

– Tu lui as parlé ? demanda-t-il. Ta mère était là ?

Elle fit non de la tête. Son visage était pâle. Elle semblait hébétée par ce qu'elle venait d'entendre.

– Qu'y a-t-il ? Elle n'est pas venue ?

– Si, elle est là. Mais pas à la colonie. À l'hôtel. À Ahlsburg.

– À l'hôtel ?

Il ne comprenait pas.

– Elle y est depuis avant-hier. M. Wells l'a appelée quand il a vu que nous ne rentrions pas à la colonie. Elle est venue aussitôt. Mlle Haskell m'a dit qu'elle était malade d'inquiétude.

Laura posa le bout de ses doigts sur ses lèvres et regarda dans le vide.

– Oh, mon Dieu ! Elle va être furieuse contre moi. Pourquoi n'avons-nous pas pensé que M. Wells l'appellerait ? Pourquoi ?

Il ne savait pas. Il semblait évident, à présent, que la mère de Laura apprendrait ce qui s'était passé et viendrait aussitôt. C'était bien ce qu'elle devait faire, n'est-ce pas ? Même si elle s'en moquait un peu. C'était injuste de penser cela, mais il ne put s'en empêcher.

– Elle avait dit qu'elle ne pouvait pas venir avant aujourd'hui, dit-il froidement. C'est ce qu'elle avait dit quand tu lui avais parlé.

Laura se détourna avec humeur.

– Mais elle n'avait pas compris ! Tu ne vois donc pas ? Elle n'avait pas compris !

Il avança la main et lui toucha l'épaule, mais elle la chassa d'un geste. Il se sentit sans ressort, comme un jouet mécanique qui a besoin d'être remonté.

– Est-ce que mes parents sont au courant ? Mlle Haskell t'en a-t-elle parlé ?

– M. Wells a envoyé un télégramme mais ils n'ont pas de nouvelles. (Elle parlait le dos tourné, d'une voix basse et fatiguée.) Elle a dit que tu ne pouvais pas venir à la maison avec moi et maman.

C'est illégal ou je ne sais quoi. Il faut que tu restes à la colonie jusqu'à ce qu'ils aient des nouvelles de tes parents.

Il ne s'en étonnait pas. Il avait toujours été persuadé qu'il y aurait une loi de ce genre-là.

– Nous n'irons pas voir les gens découpés, dit-il tristement, mais elle ne l'écoutait pas.

– Crois-tu que maman sait, pour cet homme ? Comment nous avons piqué sa voiture ?

– Je ne sais pas. Peut-être pas encore.

– Que vais-je lui dire ? Elle va me tuer.

– Je ne la laisserai pas faire.

C'était une plaisanterie évidemment. Il aurait aimé que non, mais ce n'était que cela. La mère déciderait seule, et il n'y pourrait pas grand-chose. Pourtant il avait fait sourire Laura.

Quand elle se retourna pour le regarder, il vit qu'elle souriait à travers ses larmes. Elle savait pleurer comme personne ! Il y avait même des larmes sur ses lunettes.

– Allons, dit-il en les lui ôtant pour les essuyer avec un pan de sa chemise.

– Il faut que j'appelle maman tout de suite, dit-elle en le regardant faire. Mlle Haskell m'a donné le numéro. Nous emprunterons encore de l'argent à M. Lockwood. Crois-tu qu'il voudra bien ?

– Oui. Il est gentil. Nous pouvons lui faire un reçu.

– Je vais dire à maman qu'il faut absolument que nous restions ensemble. Si elle ne veut pas nous emmener tous les deux, je resterai à la colonie. Nous nous sauverons encore s'il le faut. C'est vrai.

– Oui, dit-il, mais il ne put pas croiser son regard.

Il avait honte de ne pas la croire. Devait-il lui dire qu'il avait envie qu'ils s'enfuient tout de suite ? Voudrait-elle disparaître avec lui dans les bois ? Il sourit presque. Comme cette idée était folle ! Un rêve stupide. Jamais il ne le lui dirait. Le moment ne viendrait jamais. Elle rentrerait chez sa mère et il resterait à la colonie, et serait le bouc émissaire. C'était ce que tout le monde voulait. C'était la loi. Il frissonna et regarda la voûte pâle du ciel, là où le soleil dardait. Peut-être devrait-il devenir un bandit comme avait dit Calvin, et faire ses propres lois.

Elle courut jusqu'à la boutique de M. Lockwood. Quand il la rejoignit, elle avait déjà des pièces dans la main, et le vieil homme examinait attentivement le billet qu'elle avait écrit. Il le plia soigneusement et le mit dans sa poche.

– Je vais appeler tout de suite, dit-elle. Tu viens ?

– Non, j'attends ici.

Le vieil homme lui sourit quand elle fut partie.

– Tu as l'air bien abattu, dit-il, et il offrit à Howie un grand pot rempli d'un breuvage rouge vif. C'était chaud et sucré, avec un petit arrière-goût de moisi.

– Je fais ça avec du miel, dit le vieil homme. Ça me permet de voyager. Tu voyages ?

Howie fit non de la tête. Bouc émissaire, bandit, voyageur ? Il ne savait pas.

– Je croyais que tu voyageais. Tu viens de loin ?

Howie haussa les épaules, ne sachant pas comment calculer la distance, mais il essaya de sourire.

– Tu vas loin ?

Derrière la boutique, un étroit sentier s'enfonçait dans les bois, envahi de buissons et d'herbe sèche. On aurait dit que presque personne n'allait jamais par là.

– Non. Pas loin.

*
* *

Le téléphone sonna. Une fois, puis deux. Maddy entendit une chaise grincer, car Mlle Gallagher trépignait. Très lentement, le corps aussi fragile qu'un roseau, Maddy se redressa et prit le récepteur.

– Maman ?

Maddy se mit à pleurer.

– Oh, Laura chérie…

– Il y avait cet homme, dit lentement Laura, comme entamant une longue histoire compliquée. Il disait qu'il était…

– Oui, je sais. Il ne t'a pas fait de mal, n'est-ce pas ?

– Non. Il se comportait bizarrement… Nous l'avons heurté avec la voiture, maman. C'était un accident.

– Oui, je sais, chérie. Ça va. Il n'a pas été blessé. Il ne t'embêtera plus, je te le promets. N'aie pas peur.

– Nous n'avons pas peur. Nous n'avons plus peur.

La ligne était mauvaise. La voix de Laura était faible et vibrait sur un fond bourdonnant de conversations multiples.

– Maman ? J'ai eu ton numéro par Mlle Haskell à la colonie.

– Oui, c'était ce qu'il fallait faire. Je suis très contente que tu y aies pensé. Mais où es-tu, Laura ? S'il te plaît, dis-moi.

– Mlle Haskell m'a dit que Howie devrait rester à la colonie. Qu'il ne pourra pas venir à la maison avec moi.

– Ce n'est pas vrai, chérie. Elle ne sait pas. Il va venir, je te le promets.

– Il faut que nous restions ensemble, maman.

La voix ténue de Laura se perdait.

– Je te le promets, je te le promets. Il va venir avec nous à la maison. Je l'enlèverai s'il le faut. Dis-moi seulement où tu es. J'ai tellement besoin de toi.

Il y eut un long silence.

Maddy eut peur. Elle essaya de se retenir de pleurer pour pouvoir entendre.

– Je ne sais pas, maman. Ne pleure pas. (Sa voix diminua puis revint, comme si elle avait détourné la tête de l'appareil.) C'est joli. Il y a des arbres et une rivière. Il y a un vieil homme aussi. Il nous a prêté de l'argent pour que je puisse t'appeler.

– Mais… Maddy essaya de réfléchir. C'est une cabine ? Quel est son numéro ? Il doit être inscrit quelque part, juste là devant toi.

– Il n'y en a pas. Il a été gratté.

La voix de Laura parut soudain très lasse. Comme si tout devenait trop dur. Trop dur pour persévérer.

– Je regrette que ça ne se soit pas bien passé à la colonie, maman. J'ai vraiment essayé.

– Ça ne fait rien, ma chérie. C'est fini. Mais reste où tu es. Promets-le-moi, Laura. Je vais te trouver. Mais reste où tu es.

Il y eut plusieurs déclics et une voix féminine, claire et impersonnelle, déclara :

– Veuillez mettre cinq cents. Cinq cents. S'il vous plaît, mettez cinq cents.

Maddy entendit Laura dire :

– Maman ? Puis ce fut tout.

Mlle Gallagher lui prit le téléphone des mains.

– Compose le 911, Laura, dit-elle d'une voix confiante dans l'appareil muet. Compose le 911.

Le silence fut remplacé par la tonalité.

Mlle Gallagher écouta un instant, les yeux rivés à ceux de Maddy, puis elle raccrocha.

– Où est-elle, madame Golden ? Qu'a-t-elle dit ?

Maddy la voyait à peine. Le monde semblait se noyer dans l'étendue de ses propres larmes.

– Elle ne sait pas. Il y a une rivière. Des arbres.

Quelle dérision ! La contrée était pleine de rivières et d'arbres qui n'en finissaient jamais.

– Et une cabine téléphonique. N'oubliez pas ça.

Mlle Gallagher resta pensive. Elle ouvrit son sac en vannerie blanche et en sortit une carte. Elle la déplia et l'étala sur le lit.

– Ici, expliqua-t-elle, c'est l'endroit où on a retrouvé le véhicule. Ils n'ont pas dû aller bien loin à pied. Ceci doit être la rivière que Laura a mentionnée.

Tandis que le doigt court parcourait l'enchevêtrement de lignes bleues et rouges, Maddy se mit à reprendre espoir.

– Elle a dit qu'il y avait un vieil homme. Il leur a prêté de l'argent.

Comme cela avait l'air bête ! Les vieux hommes n'étaient pas des repères fixes ! Ils n'étaient pas marqués sur les cartes !

Mlle Gallagher hocha la tête.

– Lockwood. Il vend du miel près du pont sur la voie M. Il y a aussi une cabine téléphonique à cet endroit.

Elle replia la carte qui reprit docilement ses plis. Maddy commençait à respecter Mlle Gallagher. Elle savait replier une carte. Peut-être qu'elle saurait retrouver Laura.

* * *

– Voici l'endroit, dit Mlle Gallagher.

Maddy regarda par la fenêtre de la voiture, et vit la rivière, les arbres, et un ciel immense et brumeux dû à un long après-midi de chaleur. Il y avait une petite baraque près du pont. Elle était peinte en un blanc brillant. Un angle était noyé dans un massif de gerbes d'or. Une enseigne peinte à la main indiquait MIEL LOCKWOOD.

L'endroit était vide. De grands volets de contreplaqué obturaient la boutique aussi hermétiquement que les paupières ferment les yeux.

Maddy sortit de la voiture. Ses jambes tremblaient

un peu. Elle était habituée à voir la campagne à travers les vitres d'un véhicule en mouvement. Être debout au bord de la route lui donna une impression de vulnérabilité et de lenteur. Elle sentait les gravillons sous ses semelles fines et le vent sur ses bras nus. Elle sentait aussi l'odeur des pins. Elle avait oublié à quel point les pins embaumaient. Elle se dit que Laura avait bien du courage d'être venue ici et de vouloir y rester même jusqu'au soir.

Un vieil homme sortit des bois derrière la boutique. Il portait un costume noir et une chemise très blanche, et il se déplaçait en boitillant mais d'un pas vif.

– J'allais ouvrir, dit-il.

Il prit un long étai blanc de bois écorcé et souleva l'un des volets. À l'intérieur, Maddy vit des rangées de bocaux de miel d'un vert doré.

Mlle Gallagher arriva à son tour.

– Monsieur Lockwood ? Avez-vous vu une jeune fille et un garçon par ici ? Il y a environ une demi-heure. Ils ont sans doute utilisé le téléphone.

L'homme s'interrompit au moment de soulever le deuxième volet. Il était très âgé, avec des yeux noirs embués dans un visage ridé.

– Oh, oui ! je les ai vus. (Il réfléchit un peu en sortant une langue pâle.) Il va falloir me payer ! dit-il brusquement.

– Qu'est-ce que vous voulez dire ?

Mlle Gallagher avait eu un haut-le-corps.

L'homme se mit à rire et se redressa. Il sortit de sa poche un morceau de papier plié, à première vue une page arrachée d'un carnet à spirale. Il la lissa soigneusement, puis la mit dans la main de Maddy.

– Un reçu, dit-il. Soixante cents. Shadow Golden.

– Oui, bien sûr, je vais vous payer. Je suis sa mère.

Maddy cherchait son porte-monnaie.

– La mère de Shadow ?

Le vieil homme reprit délicatement le bout de papier de la main de Maddy.

– Inutile de payer. Vous reprendriez le reçu, n'est-ce pas ? Je préfère le garder.

Il replia soigneusement la page de carnet et la rempocha. Maddy avait du mal à se contenir.

– Mais où sont-ils ? Où sont-ils allés ?

Le vieil homme se retourna et regarda les bois, puis le soleil en cherchant à s'orienter.

– Par là, dit-il en agitant la main vers un sentier qui suivait le bord de la rivière et s'éloignait de la grand-route.

– Ce chemin ? Mais où va-t-il ?

– Pas un chemin. Un coupe-feu. Ça ne va nulle part. Seulement dans les bois. Je le leur ai dit mais ils semblaient savoir ce qu'ils voulaient. De gentils petits. Voulez-vous du miel ?

Maddy refusa d'un signe de tête, et le vieil homme retira l'étai de bois. Le volet tomba brusquement.

– Ça va dans les bois. C'est là qu'ils sont maintenant.

*
* *

Au-dessus de leurs têtes, un hélicoptère tournait en rond. Quand il passa très bas il fit un bruit terrifiant, ses pales tournant frénétiquement, brassant l'air comme si elles voulaient le détruire. De leur cachette sous un vieux sapin, la fille et le garçon le regardèrent s'élever brusquement à la verticale et disparaître à l'ouest.

– Tu crois qu'ils nous cherchent ? demanda Laura.

– Non. Pourquoi nous chercheraient-ils ?

Laura pensa qu'il y avait des raisons possibles. Ils avaient fait toutes ces choses. Entrer dans ce motel. Voler. Ils avaient pris le véhicule de cet homme. Ils ne l'avaient pas emmené très loin, mais ils l'avaient quand même pris, et sans demander. Cela suffisait-il pour qu'on envoie des hélicoptères à leur recherche ? Elle ne savait pas. Ça paraissait possible.

– Bon, je ne crois pas qu'ils nous aient vus. Je veux dire s'ils nous cherchent. Et toi ?

Howie ne répondit pas. Laura aurait aimé qu'il dise quelque chose. Quand elle lui avait rapporté ce que sa mère lui avait dit, il avait simplement hoché la tête et continué le long du sentier. Elle ne savait pas où ils allaient, ni ce qu'il pensait.

Elle était troublée qu'il ne parle pas. Il y avait quelques questions qu'elle aurait voulu examiner avec lui. Elle aurait voulu lui dire que sa mère avait pleuré au téléphone. Elle s'était attendue à ce qu'elle soit furieuse, essayant peut-être de ne pas le montrer, mais furieuse quand même. Or elle ne l'était pas. Elle n'avait manifesté que de l'angoisse et cette angoisse s'était communiquée à Laura.

Voir à quel point sa mère tenait à elle l'effrayait. Elle savait que sa mère l'aimait, elle l'avait toujours su. Mais elle avait toujours cru aussi sa mère incapable de s'inquiéter pour elle, ce qui la laissait libre de faire absolument tout ce qu'elle voulait. Mais c'était faux. Elle avait rendu sa mère inquiète.

Quand elle était petite et que sa mère ne voulait pas l'écouter, elle lui donnait des coups de poing. Elle lui donnait des coups aussi forts qu'elle le pouvait. Quelquefois sa mère riait, quelquefois elle se fâchait, mais elle ne pleurait jamais. Petite fille, Laura ne pouvait faire de mal à personne. Maintenant, elle le pouvait.

Le plus drôle, c'est que ça lui donnait aussi une sorte de satisfaction bizarre, nerveuse. Elle se sentait très réelle, comme si son corps avait soudain acquis une présence et un poids énormes. Elle aurait voulu parler de cela aussi à Howie.

Elle le regarda. Il ne manifestait aucune envie de bouger, bien que l'hélicoptère fût parti. Il était assis les jambes pliées, une joue appuyée sur un genou, les bras serrés sous sa poitrine, les yeux ouverts. Impossible de savoir à quoi il pensait. Cela l'attristait beaucoup.

– Où allons-nous ?

– Je ne sais pas. Quelque part.

C'était comme s'il ne pouvait pas se décider à parler.

– Maman a dit que nous devions l'attendre au pont. Elle a dit qu'elle nous trouverait.

Elle lui avait déjà dit cela.

– Elle a dit que Mlle Haskell se trompait. Que tu pourrais venir à la maison avec nous. Elle l'a promis.

Il prit une profonde inspiration et se redressa, comme s'il avait enfin décidé de parler.

– Non.

– Qu'est-ce que tu veux dire ? Si, elle l'a dit !

– Non. C'est impossible. C'est Mlle Haskell qui a raison.

Il se leva et se détourna pour qu'elle ne voit pas son visage.

– C'est illégal.

– Quoi ?

– Je ne sais pas. Nous.

– Idiot ! dit-elle.

Elle était fâchée contre lui. Il lui faisait peur.

– C'est idiot ! Tu es idiot !

Il ne répondit pas, mais il la regarda, la tête droite et les yeux mi-clos, comme pour lui montrer qu'il ne pleurait pas. Mais il pleurait presque.

– Je crois que nous devrions rebrousser chemin, dit-elle. Écoute, peut-être que tu ne pourras pas venir chez moi tout de suite. Dans ce cas je resterai à la colonie. Mais je pense que nous devons y retourner. Il n'y a pas d'autre endroit où aller.

– Je ne retournerai pas là-bas. Plus jamais. Toi, vas-y. Je n'ai pas dit que tu étais obligée de me suivre.

Elle étouffait. Elle était sur le point de pleurer aussi. De colère, de terreur, elle ne savait pas.

– Je croyais que nous devions rester ensemble.

– Non, impossible. On ne nous laissera pas.

Il essaya de trouver quelque chose à dire qui pourrait lui faire sentir tout ce qui l'effrayait.

– Je n'ai pas besoin de toi. Je ne veux plus de toi.

Ils se regardèrent avec cette fureur que les mots avaient créée, puis elle sauta sur lui, le plaquant au sol en lui donnant des coups au visage. Il sentit ses lunettes se briser en deux morceaux et le soulagement l'emporta comme une vague. Il en suffoquait presque. Il ne s'était jamais senti aussi fort de sa vie. Il lui saisit les mains et les tordit pour la forcer à se mettre sur le dos, afin de pouvoir s'asseoir sur elle. Elle n'abandonna pas. Elle ne semblait pas se rendre compte qu'elle perdait.

– Tu retires ce que tu as dit, espèce de salaud ! haleta-t-elle. Tu le retires !

– Je le retire. Je ne le pensais pas. Tu sais que je ne le pensais pas.

Elle arrêta aussitôt le combat. C'était drôle. Il était assis sur elle et lui tenait les bras au-dessus de la tête, mais elle avait gagné.

– Je ne le pensais pas, répéta-t-il.

Elle essaya de sourire mais elle dut renifler à la place. Son visage était mouillé et son nez coulait. Il la trouva belle.

– Je sais. Mais tu ne peux quand même pas dire ça !

Il la lâcha et elle se redressa. Ils s'assirent en tailleur l'un près de l'autre, leurs têtes se touchant. Pendant quelques instants ils ne purent pas se regarder, mais ils se prirent les mains.

– Je regrette d'avoir cassé tes lunettes.

– Ça ne fait rien.

– Tu peux voir quand même ?

– Pas très bien. Tout est flou.

– Prends les miennes. Nous pouvons les mettre à tour de rôle et nous arranger.

Il sourit en imaginant cela.

– Ne t'inquiète pas. J'en ai une autre paire, à la colonie. Ça va ?

Il sentit sa tête acquiescer contre la sienne.

– Ça va, murmura-t-elle.

Il lui prit la main, elle la lui abandonna comme un cadeau. Elle n'était pas très propre. Il y avait de la terre sous les ongles et une callosité brillante là où appuyait le crayon lorsqu'elle écrivait. Il fut encore surpris par la longueur de ses doigts. Ils semblaient délicats, presque fragiles, mais il savait qu'ils ne l'étaient pas.

– Écoute, dit-il. Il y a quelque chose que je voulais te dire.

– Quoi ?

– Eh bien ! c'est un peu bizarre. C'est une idée que j'ai eue pour nous. J'ai eu cette idée que toi et moi pourrions vivre seuls dans les bois. Un peu comme des

Indiens. Nous pourrions trouver ce dont nous aurions besoin, je ne sais pas, dans les champs et les chalets, et personne ne nous verrait ni ne nous embêterait plus jamais. Ils ne le pourraient pas, parce que nous ne serions jamais là où ils nous chercheraient.

Il savait qu'il n'était pas très clair, qu'elle ne pourrait pas sentir la magie de l'idée, mais ce n'était pas vraiment très important. Il n'avait plus à la convaincre.

Ce n'était plus nécessaire désormais.

– J'y ai beaucoup pensé, et quelquefois je voulais t'en parler, mais j'avais peur que tu penses que c'était idiot.

Il essaya de rire, mais il garda la tête baissée au cas où elle voudrait regarder son visage.

– C'est idiot, n'est-ce pas ?

– Un peu. C'est vrai. C'est pourtant bien à imaginer. Nous pourrions construire un radeau et descendre la rivière. Nous laisser aller au fil de l'eau. (Elle renifla et rit en même temps.) Il faudrait que je me décide à apprendre à nager. (Sa tête heurta la sienne.) L'ennui, c'est que nous ne pourrions pas nager jusqu'en Grèce. J'ai vraiment envie d'y aller plus tard, pas toi ?

– Nous irons.

– Et si l'un de nous tombe malade ?

– Je ne sais pas. (Il fut sincèrement surpris.) Je n'avais jamais songé à cela.

– Bon. Nous trouverions une solution. Nous en trouvons toujours.

Soudain il fut certain que tout allait bien se passer. Il n'était pas fou. Il savait qu'il y aurait des discussions et des appels téléphoniques à l'autre bout du monde, et des parents, des moniteurs et des policiers qui débattraient de choses qu'il ne comprendrait pas. Il aurait envie de se cacher dans un trou et elle pleurerait. Ça ne faisait rien. Ils trouveraient une solution.

Ils pouvaient se regarder désormais et se sourire.

– Nous ferions mieux d'y aller, dit-il. Ta mère va s'inquiéter.

– Ça ira. (Elle avait retrouvé un peu de sa dureté.) Elle s'en remettra.

Ils rejoignirent le sentier et reprirent la direction du pont. Le soleil brillait. Ils en sentaient la chaleur dans leurs cheveux et sur leurs visages. De petits oiseaux jaillissaient devant eux, se dérobaient et virevoltaient en leur montrant le chemin entre les pins et l'herbe sèche.

– Maman est là, dit la fille.

Howie leva les yeux. La femme n'était qu'une tache floue qui avançait vite. Quand elle serait assez proche, il verrait son visage. Il se demanda ce qu'il y découvrirait.

Une souche d'arbre occupait le milieu du sentier. Ils s'écartèrent en levant leurs deux mains réunies.

– Tiens bon, dit Laura. Ne me lâche pas la main.

Cet ouvrage a été achevé d'imprimer
sur Roto-Page
par l'Imprimerie Floch à Mayenne
en février 2015

N° d'impression : 87990
Imprimé en France